LA MÁQUINA DE VIAJAR POR LA LUZ

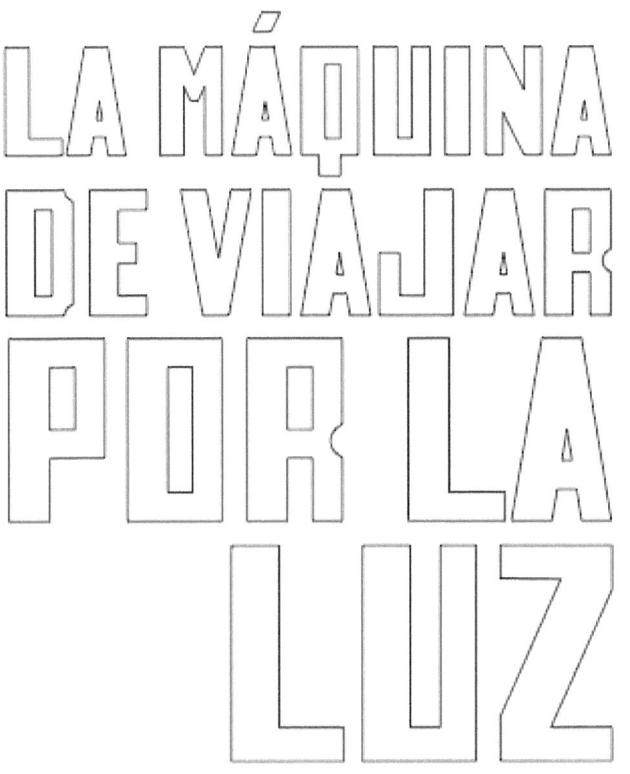

MARIA
DAYANA
FRAILE

LA MAQUINA DE VIAJAR POR LA LUZ

MARIA DAYANA FRAILE

Titulo original: *La máquina de viajar por la luz*
© María Dayana Fraile
© Primera edición, CAAW Ediciones, 2020
caawincmiami@gmail.com

ISBN: 978-1-946762-13-9

Ilustración de cubierta: © Verónica Alvarado
Diseño de cubierta: © Faride Mereb
Edición: Zaylén Clavería Centurión
Coordinación editorial: Yovana Martínez

Este título pertenece al Catálogo Yulunkela de CAAW Ediciones.
CAAW Ediciones es la división editorial de Cuban Artists Around the World, INC (CAAW INC).

A kind of numbness fills your heart and mine,
A gap where things and people once had been.
We fell unloved, like frozen fields of snow
Upon which not a track has broken through.

Jack Spicer

Sobre el ensamblaje de la *La máquina de viajar por la luz*

Hacia 2010 se publicó *Granizo*, primer libro de la autora venezolana Dayana Fraile. Con esta obra ganó la I Bienal Literaria Julián Padrón en la categoría de relatos. De las cinco piezas narrativas que lo integran, destaco un par: «La vida con Fiori», tercer lugar en un relevante concurso local para escritores jóvenes, y «San Miguel Arcángel… Entiérrame la espada», incluida por el crítico Carlos Sandoval en su compilación *De qué va el cuento. Antología del relato venezolano*, la cual convocó a cuarenta autores publicados por primera vez entre 2000 y 2012. Además, con soltura estilística, glosó el estudio *Los cuerpos de la modernización en la Venezuela del siglo XX: en Meneses, Rodríguez y Noguera*, y recientemente bajo este sello se editó su poemario *Ahorcados de tinta*. Con el volumen que usted tiene en sus manos, Fraile cierra una década de trabajo con reconocimientos y cuatro libros en tres géneros literarios. Acercar al futuro lector de estos relatos al universo narrativo que propone Dayana Fraile, es el fin de esta nota.

El título de aquel libro inicial no es aleatorio. *Granizo* refiere un fenómeno climático que se corresponde con el destino de sus protagonistas. Un autor precedente a Fraile, el prolijo José Balza, imaginó historias de personajes atormentados y reflexivos que cambiaban el territorio pantanoso de Delta Amacuro por el concreto cosmopolita de Caracas. Un contemporáneo excéntrico, Carlos Ávila, relató historias de jóvenes caraqueños que, hastiados de ciudad, buscaron emociones psicotrópicas en montañas andinas. Miguel Gomes, actual, aunque más experimentado, ha contado historias de emigrantes europeos en Venezuela y de venezolanos en el extranjero. En *Granizo*, Fraile postula una manera distinta de aliviar el espacio. Sus personajes, entre cambiar de residencia estudiantil o buscar su lugar en el mundo, como los granizos, desde sus nubes existenciales, se precipitan hacia el vacío, revestidos de un escudo gélido promovido por sus penurias para resistir los choques contra la realidad.

Es un hecho que, en *La máquina de viajar por la luz*, el lector se complacerá por el vigor aforístico entretejido en estas narraciones. Aunque los ejemplos son numerosos, cito dos frases para compartir tanto en redes sociales como en *papers*:

> Los amigos de nuestras exparejas suelen convertirse de manera automática en nuestros examigos. La soledad se multiplica: la partícula *ex* es un decreto insoslayable del lenguaje que nos contiene: apenas somos cerebros flotando en frascos de vidrio en el laboratorio del lenguaje: cerebros que tiemblan como gelatina rosada.
>
> Los consejos que no pronunciamos se quedan enterrados en nosotros y pesan como ataúdes.

A su manera, los personajes de *La máquina de viajar por la luz* desafían las leyes físicas. Perciben momentos lejanos en el poroso pasado y los instantes inconcebibles de un porvenir que los angustia. Desnudan su intimidad hasta sus sombras, y, si bien ya han encontrado el lugar adecuado de sus existencias (o persistencias, acotaría el poeta Rafael Candenas), al contrario de los de *Granizo*, que huyen o se precipitan, estos personajes, en sus máquinas de viajar por la luz, se desplazan a toda velocidad a través de sus recuerdos ensamblados de palabras. Refutan el espacio-tiempo, porque a la velocidad de la luz todos los tiempos conviven en un mismo instante. A la velocidad de la luz, la materia se disuelve, el tiempo se detiene y el espacio se transforma. Mientras, esperan la próxima glaciación y pelan calabacines en la cocina.

«Guisantes y gasolina», mención especial en el concurso de la Policlínica Metropolitana en 2011, le rinde tributo, aunque fugaz, a un autor venezolano, Guillermo Meneses, que Fraile, en su faceta académica, ya ha analizado en su libro de crítica literaria. La protagonista recuerda a Diana, su exnovia, y lo que ha sido la relación inconstante con su actual pareja, Meche. A través de estas evocaciones, una inmediata, otra pretérita, traza una biografía indirecta de su propia vida. La imagen del arcoíris no solo simboliza una postura ideológica y sentimental, en esta historia trasciende como la consecución de lo intangible cuando se logra transgredir los trescientos mil kilómetros por segundo. La masa se vuelve luz. Tan ilusoria como intangible, la protagonista descubre que su relación con la actual pareja ha sido una «comiquita», y con la exnovia, «una pancarta, en una eterna protesta». La inquietante teoría del entrelazamiento cuántico explica la condición de dos partículas separadas de un mismo átomo y cómo estas siguen afectándose sin importar la distancia, variable entre un milímetro y cien millones de años luz o el infinito. La protagonista piensa, se entrelaza cuánticamente con su novia actual, y viaja por la luz conectando dos objetos en un instante: «Meche dejó sus zapatos deportivos aquí. Sé que es totalmente ridículo, pero los acaricio con la mirada como si a través de ellos pudiera tocarla».

«Evocación y elogio de Federico Alvarado Muñoz. A tres años de su muerte», dedicado a un escritor venezolano, Renato Rodríguez, en 2012 obtiene el primer lugar en el mismo concurso en el que antes Fraile alcanzara un tercero en 2010 y una mención especial en la edición siguiente en 2011. El título de *La máquina de viajar por la luz* se origina de una obra autoficcional del autor apócrifo que motiva la trama de este cuento, el cual tiene no pocos puntos en común con Renato Rodríguez, autor extraño que con las décadas ha ganado un sólido puñado de fervorosos lectores para convertirse en una suerte de escritor de culto entre los narradores *millennials* venezolanos. De igual modo, su protagonista se desplaza en el tiempo. Viaja al pasado, a 1900, y al futuro, al 2050, a través del lenguaje y de las ficciones que promete escribir.

También, avanzada la trama, se convierte, no sin cierta repulsión, en una manipuladora del tiempo por medio de las palabras: «Nada más desconcertante que un puñado de sustantivos entremezclados con verbos al azar. El tiempo pasa como algodón de azúcar entre los dedos, confiere al tacto una sensación pegajosa, insoportable».

Si en los dos primeros relatos de *La máquina...* las tramas tributan a autores venezolanos como Meneses o Rodríguez, en «La primera visita de la cobaya» una cobaya transgénero se muestra obsesionada por José Antonio Ramos Sucre, poeta maldito —o cuentista (?), el debate está abierto— de ese país. Permítaseme esta cita, en la que apreciamos el desplazamiento de la protagonista a través del tiempo:

> Durante ese único instante en el cual su pie derecho pisa duro para levantarse, envejece lo indecible. Es apenas un fogonazo, una visión que restalla como el *flash* de las cámaras fotográficas. Es una vejez más vehemente que la habitual. Digamos que es la vejez de una secoya. En posición de yogui: las ramas extendidas intentan alcanzar el cielo. El áspero tronco resguarda los anillos eternos de Saturno. Digamos que se trata de una vejez sin tiempo, si es que no suena demasiado contradictorio. Pero es apenas cuestión de segundos.

Finalmente, se nos refiere cómo la cobaya descubre «que la poesía era una máquina de viajar por la luz. Una máquina que engendraba máquinas. Los cuerpos que la recibían retenían por segundos su energía para luego remitirla en todas las direcciones posibles».

«Sincretismo» es la pieza más breve del conjunto. Califica como minificción y cuenta las peripecias de Elena, coleccionista desaforada de juguetes sexuales. Le sigue «Ecos», y Elena reaparece, esta vez como una ansiosa conversadora que eventualmente se comunica por teléfono con su amiga Carina, especie de oráculo en el que calcula la aprobación o la comprobación de que las cosas no han ido tan mal en su vida, sino que han ido terriblemente mal. Con cada llamada enfatiza su soledad y sus fatuas esperanzas. Habla del vecino, del *weirdo* acosador, del pretendiente romántico. «Hacia la nada», le dice a alguno de ellos cuando le pregunta a dónde se dirige, como si inconscientemente le confesara su anhelo por disolverse una vez alcance la velocidad de la luz.

La imagen de las sombras es constante en este volumen y regresa en «Guayabo negro sobre venado rojo», para cerrar magistralmente el libro. La voz protagonista define el mundo así: «Éramos sombras devorando sombras». Teóricos astrofísicos sostienen que, si existe algo capaz de superar la velocidad de la luz, es precisamente su contrario, la oscuridad. Argumentan que si dirigimos un potente foco de luz instalado en un satélite hacia un cuerpo celeste como Saturno —quizá ese mismo Saturno que imagina la protagonista de «La primera visita de la cobaya»— y proyectamos el foco sobre la superficie, la luz se demorará cien minutos en alcanzar ese planeta. Sin embargo, al interponer un objeto que obstruya un sector de la luz emanada, simultáneamente observaremos que sobre esa región iluminada de Saturno aparece su sombra. Por lo que se concluye que la oscuridad se desplaza a mayor velocidad que la luz. La sombra no se demora cien minutos. En este relato, a manera de filosofía de vida, leemos: «La inestabilidad emocional nos fija como sombras en las paredes. Nos dedicamos a parodiar la vida con los dedos». Y páginas después:

> Las imágenes afloran a la superficie abigarradas, configurando un brazo negro y poderoso, esta ilusión óptica se proyecta sobre un fondo blanco y, de manera más o menos truculenta, el contingente de formas extraviadas alcanza a constituir una sola

identidad. Hablamos de una coyuntura metafísica. No estamos sincronizados con las imágenes que nos habitan. Son millones. Las imágenes son en esencia lo mismo, pero la hermenéutica de la imagen es la que establece diferencias. Concesiones hechas al lenguaje para atrapar el sentido con una red transparente. Entrar en el sentido es entrar en la imagen. Las imágenes más insignificantes nos determinan porque el fondo blanco es un fondo sin fin. Las imágenes se amontonan sin orden ni concierto. Las que sobresalen modifican a su manera al resto. Esta operación es delicada y arroja resultados imprevisibles.

Solo una maquinaria ensamblada con verbos es capaz de viajar satisfactoriamente por la luz y adaptarse a sus dos velocidades, los recuerdos y los anhelos. La velocidad de los recuerdos conduce indistintamente al pasado sin límite de tiempo; la segunda, al porvenir, a un tiempo aún desconocido y a un espacio igualmente ignorado. Ambas ejercen con eficacia las dos direcciones de estos desplazamientos. Quizá sea esta la poética secreta de aquella novela autoficcional de Federico Alvarado Muñoz. Los personajes de *La máquina de viajar por la luz* transitan un plano de la existencia donde la realidad codificada en verbos y en sombras adquiere la densidad de las nubes. En algún punto de la sombra de sus vidas, superarán esa velocidad pretenciosamente inalcanzable.

Mario Morenza
@MarioMorenza

Evocación y elogio de Federico Alvarado Muñoz. A tres años de su muerte

para Renato Rodríguez
in memoriam

Ensayamos la lluvia. La indolencia de dejarnos arrastrar por la belleza: sentimentales y estúpidos. Tarde lenta y pesada. Caemos uno dentro del otro como gotas de agua sucia. Las nubes tienen formas de columpios rotos. Federico tiene forma de columpio roto. Forma de nube. Federico hojea una novela de Enrique Vila-Matas. No morirá sin haber leído a Vila-Matas, pero lo enterrarán vestido de marrón, un color que detesta. El saco no será de su talla y le quedará fatal. Aún ninguno de los dos sabe esto. No podemos imaginar que, en el futuro, de tanto revolcarse en su tumba, él terminará por convertirse en un zombi (condenado a deambular por los escalofriantes pasillos de la historia de la literatura nacional).

Por las noches vendrá a pedirme bolígrafos y yo me desvelaré contemplando sus manos, que parecerán moldeadas en puré de guisantes. Su voz también cambiará, la escucharé siempre lejos, como si se tratara de una llamada de larga distancia. Sentado en el borde de mi cama, sacudirá las briznas de hierba y los pétalos de flores adheridos a las solapas de su camisa, hablará sobre sus relecturas de la novela de la tierra. Se interesará particularmente en *Peonía*, de Vicente Romero García, una novela pionera en la introducción de la figura del zombi en nuestra literatura. Luisa, el personaje femenino, muere en el penúltimo capítulo y revive en el último, nada más que para reanudar la agonía sin solución de continuidad.

15

Se irá de mi habitación siempre con el amanecer y a la distancia cobrará un aspecto vagamente ridículo: se tambaleará de un lado al otro, como un personaje de *La noche de los muertos vivientes*. Oh, piojo de pupilas torcidas. Mi mejor amigo. Mi enemigo íntimo. Pero no nos adelantemos, aún ninguno de los dos sabe esto. Estamos ahora en su apartamento de Bello Monte y faltan aproximadamente doce años para que él muera como un imbécil mientras intenta jugar al alpinista en Mérida. Ensayamos la lluvia. La indolencia de dejarnos arrastrar por palabras antiguas y pasadas de moda. La música que brota de los pequeños amplificadores nos mantiene despiertos. Repaso la figura de mi amigo cuando se incorpora para cambiar el CD. Primero, su cabello claro y pajizo, creciendo sobre la línea del atardecer como un amasijo de algas electrificadas. Luego, su ampulosa silueta, jorobada por el peso del tedio y los malos poemas publicados en el pasado.

Su voz impostada, fracturada de tanto leer los cuentos de Raymond Carver a todo volumen, me anima a hablar sobre «nuestro proyecto». Sus palabras suenan como ramas secas deslizándose en el interior de una batidora industrial y me obligan a reconstruir mentalmente, aunque no venga a cuento, el porqué de sus lecturas obsesivas del autor norteamericano, el porqué de ese firme propósito de mutilar su voz, de restarle fluidez (en este sentido, me tomó años comprender que mi amigo era un hombre valiente y honesto, cuya más elevada aspiración consistía en ser un impostor y un travestido: cosas de la literatura y sus extraños caminos).

Hago entonces vanos esfuerzos por concentrarme; mi cabeza es terreno estéril para el pensamiento práctico. Sin salir de la cama, observo a la tarde ejecutar maniobras desastrosas, me conformo con ser testigo de su entrega, esa manera que tiene de estrellarse contra los edificios cuando cae sobre la ciudad. Borro totalmente a Federico.

Por primera vez me tomo el tiempo para buscar palabras que puedan describir aquella imagen y, de súbito, esas maniobras abandonan su estado de realidad *de facto* y levitan en el horizonte del lenguaje como psicodelia pura: casi puedo ver cómo las antenas parabólicas le perforan el corazón: los bucares, tan encendidos, parecen la manifestación visual de esas heridas, o simples metáforas, rodillas que sangran.

Después de algunos minutos de escueto silencio, Federico resurge detrás de un biombo de aire, está de nuevo en escena. Se atribuye a sí mismo el derecho de palabra y, bastante satisfecho, se larga a disertar sobre la plataforma digital más adecuada para «nuestro proyecto»: una revista literaria *online*. Camina hasta el reproductor y, con solemnidad, gira la perilla del volumen hasta llevarlo a un nivel casi inaudible, acto seguido se explaya en demostrar las ventajas de trabajar con WordPress. Continúo sin poder concentrarme. Ha bajado tanto el volumen que Pescado Rabioso parece estar interpretando los acordes iniciales de «Cantata de puentes amarillos» en el interior de una cesta de basura; Spinetta canta envuelto, de pies a cabeza, en pliegos de papel periódico (ha quedado como una momia). La percusión se torna imperceptible… «vi la sortija muriendo en el carrusel, vi tantos monos, nidos, platos de café, platos de café». Nada más desconcertante que un puñado de sustantivos entremezclados con verbos al azar. El tiempo pasa como algodón de azúcar entre los dedos, confiere al tacto una sensación pegajosa, insoportable.

Federico camina alrededor de la cama mientras habla, me recuerda a un samurái: comanda un grupo de guerreros de trajes brillantes, hermosos y dispuestos a todo lo terrible. Resulta imposible no notar que está poseído por esa sobrecogedora facultad que solo le sirve para emprender metas cuya realización entraña absurdos peligros, esa que invariablemente lo condena a terminar boqueando, tendido sobre una atmósfera irreal, apenas delineado sobre un charco de sangre. Su exquisito y lacerante sentido de la disciplina me mueve a abrigar el deseo de que un golpe accidental le borre el disco duro y, en consecuencia, logre sepultar por el resto de la eternidad ese odioso proyecto. Me pregunto si el acto de escribir no es acaso una concesión exagerada a nuestra vanidad. Me pregunto si la vanidad puede instalarse en este desastre perpetuo que es el apartamento de Federico. Solo el balcón vale la pena, con sus nubes aplastadas y grises; desde allí los árboles se ven distintos (el cují, por ejemplo, deja de intimidarme, y aquella titánica sensación de realidad que me sobreviene cuando lo observo de cerca, empieza a desdibujarse lentamente. Es como si una fina llovizna lavara sus hojas y atenuara su presencia, adelgazándolo).

Su parloteo me aturde. Me importan bastante poco, por no decir nada, WordPress y los pajaritos pintados de Twitter. Su piel brilla como en un comercial de jabón. Lo interrumpo. Oye, cuéntame otra vez ese sueño, el de anoche. Rayos y centellas, al más clásico estilo cómic, convulsionan su frente. Está disgustadísimo. Le sube el volumen a la música y se queda callado. Insisto. Oye, cuéntame otra vez ese sueño. Vale.

Siempre recordaré esa llamada telefónica. Mi memoria tembló y una ciudad construida de recuerdos se desplomó sobre mi cuerpo. No hubo quien recogiera los vidrios rotos. Mis estados anímicos se arrugaron como hojas de papel llenas de anotaciones sin sentido: líneas inservibles con severos errores ortográficos. Durante semanas no pude dejar de pensar en su muerte, quizás, por exceso de amor a mi propia vida y, apesadumbrada, me entregué a arrastrarme entre los escombros con bastante libertad.

Después de esa llamada, los días corrieron en círculo detrás de la triste nueva, simulando a esos cachorros tiernos y un poco estúpidos que intentan morder su propia cola. Entonces, pude comprobar sin asombro que los suplementos culturales de los periódicos de circulación nacional optaron por pasar de largo ante la noticia de su muerte. Y, si bien es cierto que algunas notas escuetas circularon por internet, sobre todo en los blogs y las redes sociales, no lo es menos que muchas de ellas estaban plagadas de imprecisiones y de informaciones erradas sobre su vida y, más aún, sobre su obra. El silencio de los medios operó en él una transfiguración de carácter simbólico: lo convirtió en un cadáver sin sepultura. Otra cifra roja para las estadísticas.

Bien enraizado en la tradición, Federico era el más fantasma de los escritores vivos (insisto en proponer su imagen como barco fantasma, condenado a vagar, a arrastrarse, flemático y torpe, sobre el océano gris, en la búsqueda eterna de un espejismo: un puerto que aparece y desaparece entre la niebla. Ese puerto está hecho de palabras. Ese puerto es un libro, pero no cualquier libro. Es el libro que se insinúa en cada nuevo boceto de historia y que finalmente logra sustraerse al proceso de escritura. Es el libro que siempre intenta escribir. El que siempre está a punto de escribir. El que jamás logra escribir). Y si seguimos esta línea de sentido, resulta evidentísimo que Federico continúa bien enraizado en la tradición porque es el más zombi de los escritores muertos.

Es por esto que quiero dibujar con estas palabras una pistola y una bala sobre el papel. Es por esto que quiero que estas palabras me ayuden a liquidarlo, al viejo estilo de los zombis de George Romero. Sobre el papel dibujo un osario, una hoguera, un ataúd. Si Federico no se hubiese ido a morir como un imbécil en Mérida, le gustaría seguirme el juego, diría ahora, como tantas veces, que él no era un barco fantasma a la deriva, sino, apenas, un pobre barco de papel hundido. La verdad es que nunca me pareció que hubiese una gran diferencia entre ambos.

Creo que solo logré presentir el verdadero sentido de su observación al leer un correo, fechado el 7 de julio de 2004, que me escribió durante su estancia en Roma y que comienza de esta manera:

> Barquito de papel a la deriva recubierto de calcomanías siniestras. Santo Niño de la Cuchilla durmiendo en el parabrisas, o bien, en la losa de un sepulcro recreado en el parabrisas. Imágenes religiosas flotando descabezadas, ausentes, colgadas de las ventanas como sórdidos ahorcaditos de tinta circulando por la Avenida Lecuna. Igual que en los autobuses que deambulan por toda Caracas. La calavera es una almohada y la pelota simboliza al mundo. El mundo termina desinflado por la cuchilla del niño que duerme sobre la calavera. El mundo desinflado rueda por la Avenida Lecuna, formando parte de una composición general que da miedo.

Sin embargo, del presentimiento a la interpretación clarividente hay largas e insalvables distancias. Y aunque estas oscuras construcciones de su imaginación poética pusieron a temblar los cimientos de mi teoría personal del barco fantasma, los términos aún me resultan crípticos en exceso, a tal punto que prefiero no precipitarme en establecer débiles conjeturas. A fin de cuentas, Federico solo intentaba describir sus estados de ánimo.

Nos conocimos en un taller de escritura creativa que coordinaba el poeta Agustín de Iturbide en el Centro Cultural Las Mercedes. Me había inscrito en el taller sin abrigar demasiadas expectativas, solo porque estaba desempleada y tenía mucho tiempo libre. Durante los primeros diez minutos de la sesión inaugural quise alejarme corriendo de esa maldita sala. Contando al coordinador, éramos doce. Doce personas que, a simple vista, no tenían nada, pero absolutamente nada, que ver la una con la otra. Esa vez, De Iturbide nos propuso un ejercicio que consistía en que todos los asistentes nos presentáramos en tercera persona. Sus ojos rasgados vacilaban en el alféizar y caían como pájaros muertos en medio del tráfico, mientras el resto de su persona dilucidaba acerca del carácter ineludible de emprender ese aprendizaje en la fase inicial del taller. Sé que parece poético por la manera en que lo cuento, pero la situación real dista bastante de eso.

En realidad, De Iturbide asustaba mucho con aquellos ojos atrapados en algún punto del paisaje; sinceramente, asustaba con esa mirada tan perdida que tampoco alcanzaba a convalidar la conclusión de sus explicaciones: el ejercicio exigía desdoblarse en narrador y, al mismo tiempo, en personaje, el truco estaba en reflexionar de forma objetiva sobre los detalles que definían nuestra manera de estar en el mundo.

Nos dio quince minutos para planificar nuestra presentación y sentí que se elevaban mis niveles de ansiedad. Formas indefinidas se movían lentamente en mi cabeza. Me había inscrito en ese taller con la idea de pactar con la ficción, creyendo que las sesiones nocturnas eran la excusa perfecta para estar lejos de casa, para borrarme de mi vida durante unas horas. Y ahora estaba allí con la agobiante misión de excavar y remover mi interior con un bulldozer. Todo en quince minutos. Realmente no deseaba analizarme, ni, mucho menos, tener ideas sobre mí –de todas las ideas había regresado humillada; nadie se había tomado la molestia de ponerme en autos y la rabia era un pequeño sol artificial, inflado de helio, que iluminaba ese súbito despertar–. Terminé por decir una estupidez: mi personaje se llamaba Anabella, era filósofa y no podía realizar el ejercicio porque no estaba en el mundo de ninguna manera, porque se limitaba a flotar a su alrededor como un satélite. El poeta De Iturbide me miró a los ojos por primera vez y me contestó que incluso los satélites tenían que trabajar en su taller.

Minutos más tarde, Federico me interceptaría en las cercanías del ascensor para invitarme a tomar un café. Acepté porque le había escuchado decir que el corazón de su personaje era una pelota de playa de colores brillantes que rebotaba contra la ausencia de una mujer llamada Agustina. Cuando estuvimos sentados en la mesa del café del Centro Cultural, se tomó la libertad de darme consejos para estimular mi creatividad. Aunque sus consejos me estaban cayendo como patadas de karate, permanecí en silencio y me regocijé pensando en que llevaba un corte de cabello atroz. Inmediatamente se atrevió a pronosticar que en breve las cosas caerían por su propio peso. Pues sí, si tienen o no tienen peso, de todas formas caen, le contesté bastante escéptica, señalando hacia el suelo con la mano bien recta y haciendo un ruidito con la boca, como de avión que planea en el aire y se estrella, e, incluso, me animé a hacer la pantomima de las volteretas del avión cuando cae a tierra, y sonaba así como puff cuando chocaba con una pequeña montaña y paaafff cuando alcanzaba la carretera y puuuff cuando finalmente estalló en pedacitos que saltaron en todas las direcciones, acompañados de un chisporreteo leve, medio siseo y medio chasquido. Y fue en ese momento cuando algo hizo click en mi interior; fue en ese momento, mientras él rescataba a los pasajeros de mi avión y los embarcaba en su mano, que parecía haberse convertido en un Boeing 747, de pronto, y se disparaba como un cohete hacia el cielo (solo que a los pocos segundos se vio obligado a detener la pantomima porque los ruiditos no le salían tan bien como a mí y porque, además, estaba consciente de que un avión que no se estrella no resulta especial ni divertido). Sin embargo, su fracaso no importaba porque ya algo había hecho click en mi cabeza y el avión se borraba en el cielo de esta historia: un cielo recompuesto con cinta adhesiva, un cielo-colador, resaca de mil balas perdidas, saldo estético de un fin de semana de muertes violentas, el cielo que empezó a doler en la parte baja de mi espalda cuando nos despedimos en la parada del metrobús.

Nos hicimos amigos. Él se aprendió de memoria mi teléfono, empezó a prestarme sus libros y a relatarme sus sueños, unos sueños raros e intensos. Esa etapa de su vida onírica estuvo signada por los caballos: caballos salvajes en las pampas borgeanas del Martín Fierro; caballos que, en 1987, caminaron junto a él y Jack Kerouac en el Lower East Side de New York; caballos azules que sobrevolaron Caracas con el tiránico propósito de secuestrar al poeta De Iturbide. Yo admiraba su natural propensión a recordar de manera nítida esas retorcidas composiciones, porque era una virtud de la que siempre había carecido. Yo no soñaba o, al menos, no podía recordar lo que soñaba. La fase REM en el cerebro de Federico era mi gran vendetta: durante uno de sus sueños me fui de gira con los Pixies y escribí una novela cyberpunk, cuya protagonista era una especie de cyborg creada con el improbable ADN de María Lionza, la diosa criolla que cabalga la danta y domina las serpientes. La historia transcurría en la Caracas del 2050, una era en la que la polarización y los desacuerdos políticos se habían intensificado al punto de que todos los sobrevivientes decidieron olvidar la ciudadanía para formar pequeñas comunidades anarquistas esparcidas por El Ávila.

Nos empezamos a encontrar por las tardes con el fin de emprender largos paseos por la ciudad. Él hablaba a menudo de un libro que estaba escribiendo, una recopilación de cuentos bastante siniestra que, si mal no recuerdo, iba de una serie de experimentos llevados a cabo en un grupo de seres humanos y sus células familiares: método de Pávlov, orgasmos, incestos y ondas electromagnéticas. Decidí escribir un libro también, aunque la historia no estaba inscrita formalmente en la corriente cyberpunk, para disgusto de Federico, que creía que la novela de su sueño llegaría a ser un *hit* si algún día yo me sentaba a escribirla.

A decir verdad, en un principio la decisión de escribir estuvo impulsada por mi voluntad de reducir la cantidad escandalosa de horas muertas que conformaban mi agenda. Me sentaba ante la computadora para pedirle en silencio a la tarde que se desplomara sobre la ciudad, que se colgara de un árbol, que se asfixiara con una bolsa de plástico. Le pedía cualquier cosa. Tenía la sensación de que el día no se acababa jamás, y eso me hacía sentir desorientada.

Pronto llegaron las sesiones de clausura del taller y, aunque yo no había alcanzado sino a garabatear unas escasas páginas de mi supuesto libro, estaba tan excitada como Federico por la inminente presentación de nuestros trabajos ante el círculo del poeta De Iturbide. Lo cierto es que nunca nos detuvimos a pensar en que podíamos estar del lado de los perdedores. Nuestros turnos de lectura fueron sucedidos por críticas encarnizadas que demarcaron el primer fracaso literario de ambos. El cineasta, un hombre bastante entrado en años, el mismo que insistía hasta el bochorno en calificar mi rostro como «virginal» (programa que constantemente estimulaba en la concurrencia chistes verdes y otras agudezas), opinó esta vez que la estética de *Remolinos de retracción: baños de sonido e imagen* —el manuscrito de Federico— era sencillamente asquerosa. La intervención del cineasta fue extensa y alcanzó distintos picos, una gradación del rechazo que principió con el repudio moral y culminó en una sobreactuada compasión por las generaciones venideras (definitivamente, el viejo estaba disfrutando de ascender hasta la cumbre para clavar sus banderitas en la vapuleada prosa de mi amigo). La guinda del postre fue la conclusión: esos cuentos establecían correspondencias insólitas con las tarjetas de los Garbage Pail Kids, muy populares en la década de los ochenta y significativas en tanto ilustraciones repulsivas de la imaginería contemporánea, cifradas en una estética de la basura y la deformidad.

Cuando el viejo regresó a su pose habitual —la de dormitar en la mesa de trabajo—, pude visualizar a mi pobre amigo temblando en una esquina del salón. Parecía una cucaracha aplastada por un zapato cósmico. Mi caso, definitivamente, fue menos dramático. El profesor de ingeniería se limitó a preguntarme si había escrito mis textos bajo el efecto de drogas duras. Nunca entendí si debía tomarlo como un halago o como un insulto.

La derrota, a menudo, viene acompañada de sentimientos muy oscuros. Como era de temer, la desesperación, en el sentido más romántico del término, tomó posesión del cuerpo de Federico. En el plano físico empezó a desarrollar un asombroso parecido con los personajes de Tim Burton, estaba tan demacrado como Eduardo Manostijeras. En el plano mental continuaba siendo el mismo *nerd* de siempre, el mismo que cultivaba manías incomprensibles, como coleccionar distintas ediciones de un mismo título. No obstante, su visión de la literatura pareció quedar irremediablemente trastocada e inició su apostolado en las filas de los que intentan transfigurar esta parcela del arte en un barranco desde el cual desmadrarse, esos tipos sufridísimos que escriben poemas solo para demostrarles a los demás que sus vidas son una verdadera mierda. Esta nueva faceta vino de la mano con genuinos síntomas de bibliomanía. Leía sin orden ni concierto, sin objetivo alguno. Leía fugazmente y con igual velocidad olvidaba.

Estar en el lugar del testigo fue como retroceder en una máquina del tiempo hasta el año 1900 porque, a veces, llegué a sentirme profundamente identificada con los primeros espectadores de *Explosion of a motor car*, esa película muda dirigida por Cecil M. Hepworth en la cual, luego de una espectral explosión, partes mutiladas de cuerpos humanos llueven en pantalla. Al igual que esos espectadores, pronostiqué el desastre desde mi butaca, solo que esta vez se trataba de presenciar el descuartizamiento ontológico de mi mejor amigo; en esta pantalla llovían sus pulsiones más oscuras e, incluso, algunas partes de su cerebro (lo que revestía la función de un matiz significativamente más sangriento).

Entregado a la separación y al exilio interior, Federico engavetó el manuscrito en el que había estado trabajando con implacable vehemencia y se entregó al tétrico oficio de realizar una autopsia del cuerpo literario de Vadim Maslennikov, el protagonista de *Novela con cocaína*, de M. Aguéiev. Lo sedujo el misterio que rodeaba esta obra: la historia alrededor de la historia.

Durante años la crítica había pensado que detrás del seudónimo M. Aguéiev se escondía, nada más y nada menos, que Nabókov. Lo cierto fue que nadie pudo comprobarlo. Durante los ochenta, la gente de Seix Barral puso anuncios en los periódicos intentando rastrear al auténtico M. Aguéiev con la intención de extenderle un contrato editorial, pero nadie se presentó. A mediados de la década de los noventa, vaya a saber cómo, se empieza a correr la bola de que este seudónimo encubría a un tal Mark Lázarevich Levi, profesor universitario de idiomas. De este tal Levi se sabe muy poco. Al parecer, era de ascendencia judía. Había nacido en Rusia, pero a lo largo de su vida se estableció en distintos países, como Alemania, Francia y Turquía. Suponen que escribe *Novela con cocaína* en 1934, durante su estadía en Estambul. Luego, simplemente se lo traga la tierra.

De este cúmulo de intrigas surge, de una manera casi accidental, el primer libro de Federico en ser publicado: *Vadim Maslennikov, silencio mineral, tintineo de la parálisis.* A propósito de esto, transcribiré un fragmento de un correo que conservo en mis archivos personales. Está fechado el 3 de febrero del año 2000 y recoge un episodio curioso, suscitado durante el proceso de redacción del ensayo y que, en mi humilde opinión, esclarece las condiciones en las cuales se gestó la original lectura de Federico:

> Ayer la acumulación de tantos trasnochos causó estragos en mi percepción de la realidad. Mientras caminaba por Plaza Venezuela experimenté un acceso epifánico rudísimo; de pronto, yo era Vadim, el rusito drogadicto de 1919. Pobre y acomplejado, moría en la indigencia más absoluta, aplastado por el consumo y el delirio. TE LO JURO. Estas impresiones eran MUY VÍVIDAS, una vaina arrechísima. Mi cara eran unas líneas de cocaína que se borraban, que ascendían a través de los orificios nasales del gran dios: esta energía violenta que mueve al universo. YO, Vadim, atravesaba las calles congeladas de Moscú. YO, Vadim, rata de cartón, pato de hule, flotaba en las cañerías subterráneas de la capital rusa durante la Primera Guerra Mundial. Estaba al borde del desmayo y me senté en un banco a esperar que se me pasara el malestar. El pánico me entró durísimo. Me puse a llorar como un carajito cuando internalicé que Federico había muerto, porque de otra forma yo no podría ser Vadim. Estaba en un infierno de hielo y, siendo Vadim, lloraba por mí, por Federico. Pasé una eternidad enfrascado en el duelo. Pero luego, no sé ni cómo, fui calmándome. Volví a ser Federico y salí

disparado a esconderme en la casa antes de que me agarrara esa vaina otra vez en la calle.

Hoy me siento como si nada hubiera ocurrido; sin embargo, me he trazado el firme propósito de ser más responsable con mis horas de sueño. Ese Vadim es un cabrón. La literatura rusa me resulta de una tristeza insoportable. Leer a los rusos siempre me deja con los cables cruzados, es como si todas mis partes se interconectaran de una manera diferente al terminar cada libro. ¿Te parecería demasiado excéntrico si comprara un samovar? ¿Podrías venir a visitarme hoy en la tarde, por favor?

La publicación de *Vadim Maslennikov, silencio mineral, tintineo de la parálisis* por un respetable sello editorial nacional estimuló la vocación de Federico. La reconquista de su dignidad lo animó a desempolvar su primer manuscrito. A pocos meses del lanzamiento del ensayo, *Remolinos de retracción: baños de sonido e imagen*, la muestra narrativa, estaba circulando también en las librerías.

Además de estos libros, alcanzó a publicar dos poemarios, *Pautas metálicas del silencio* y *Fragmentos de fotomontaje*, y una novela, *La máquina de viajar por la luz*, considerada, a menudo, por la crítica, como su mejor obra. Definitivamente, la concreción de su proyecto estético; en ella cristaliza su sed de exploración y su voluntad inconforme.

La obra está, de cierta manera, adscrita a la corriente de la autoficción. Esta vez Federico elige tramar con admirable maestría una máquina de delirios en torno a su propia figura, y entabla así un juego de correspondencias lúdicas, paródicas, que desafían su posicionamiento subalterno en el sistema cultural dominante. Federico, el personaje principal, es un escritor que plagia las historias que su gato redacta en una vieja máquina de escribir. Las temáticas del doble y el plagio parecen arrastrarse por campos minados, saltan por los aires protegidas con trajes blindados y chalecos antibalas.

Gimnasia de la memoria: describir a una persona: domesticar los leones del recuerdo.

El látigo de papel: describir a una persona es hablar en el vacío: dibujar un circo de tinta donde eres el único payaso.

Por eso sé que todo lo que pueda decir de Federico sonará hueco. Un poeta escribió que las personas eran el color de sus ojos y los volantines que flotaban en sus ojos. Los ojos de Federico eran de color negro y sus volantines eran apenas una huella, una ausencia prolongada. Creo que solo vale la pena mencionar cuatro detalles:

1. Presumía de no tener libro o escritor preferido y de no practicar ningún ritual a la hora de escribir.

2. Su canción era *Killing an arab*, de The Cure. Le fascinaba el hecho de que fuera una canción y, al mismo tiempo, un puente, porque conducía a un libro (*El extranjero*, de Albert Camus). Una vez me dijo que el libro y la canción conducían, ambos, a un desierto. Y eso le parecía hermoso y, también, horrible.

3. Durante su adolescencia se enamoró de un personaje de ficción: Anna Karénina.

4. Todos sus gatos se llamaron del mismo modo: Micifuz.

El cielo está encapotado. Resulta difícil comprender el registro de las nubes, sus trascendentales desalojos. La calle está casi desierta. El heladero haitiano continúa hablando por su celular en la esquina. Un niño está intentando encaramarse en el cují, lleva un disfraz de los Power Rangers; otro niño disfrazado no-sé-de-qué intenta ayudarlo con una pata de gallina. Parecen cáscaras de luz, grillos de lycra con espadas de plástico y pretensiones heroicas. Oye, cuéntame otra vez ese sueño. Federico se ha acostado a mi lado. Spinetta canta sobre las hojas, el viento, la muerte y el sol... las únicas cosas que pueden importar en una tarde como esta. Federico duda, de nuevo, ha tenido un sueño apocalíptico. Ha soñado con el futuro (el futuro siempre es terrible, por incierto). Federico dice: fue una pesadilla, no un sueño. No importa, digo, cuéntamelo otra vez. ¿No te asusta hablar del futuro, aunque sea hipotético?, pregunta. No, digo. Federico me fastidia, a conciencia, con sus metáforas deportivas: a mí me asusta. Lo que más me asusta del futuro son las patadas que te sacan del campo de juego que conoces y te dejan más allá de todas las estúpidas rayas blancas que te habías concentrado en pintarrajear, dice, y entonces, cataplum, ya ni sabes dónde está la línea de córner y eres como un futbolista ciego, trocado en pelotica de goma de eso que llaman futuro y que, al parecer, es otro plano del tiempo. Ok, digo, creo que entiendo, el futuro es un punto y seguido, descolocado, sordo, en una frase de cuello azul quebrada por la lluvia. Federico: no dije eso, no inventes. No invento, digo, ¿Por qué intentabas salvarte si sabías que era el día del fin del mundo? Por histérico, supongo, o por desinformado, o por ambas razones, dice, puede ser que no fuera el día del fin del mundo, que nada más lo pareciera.

Me habla entonces desde el fondo del océano: barco hundido y tripulado por los espíritus de todas las focas muertas. Me habla desde el avatar de una voz inmaculada, una voz pura que habla sin cuerdas vocales, sin lenguaje. Finalmente, accede a contarme el sueño. Estamos los dos en un hotel alineado frente a una majestuosa bahía. El lugar, a ratos, parece Caracas, a ratos, New York. El hotel se está quemando. La gente corre desesperada intentando salvarse. Los más impacientes se lanzan por los ventanales. Observamos dos o tres caballos corriendo por la azotea hasta caer en el vacío. El mar es una pecera de cristal, atestada de bultos de colores oscuros que sobresalen del agua rojiza y recuerdan espaldas humanas. Pesadillas incrustadas en el reflejo del cielo de la pesadilla. Nosotros tomamos el ascensor y abandonamos el edificio por la puerta principal, calmados y ligeros, como si la calamidad no pudiera abrasarnos. Ya afuera, notamos que el incendio del hotel es un asunto menor. Se ha iniciado un gran cataclismo que, sospechamos, borrará a la humanidad entera de la faz del planeta. Caminamos por las calles de la ciudad hasta que decidimos regresar al hotel con el fin de rescatar nuestras maletas, y entonces nos perdemos en los pasillos de la planta baja, hundidos en la ceniza. Después de algunos minutos que parecen eternos, encontramos el ascensor y nos dirigimos a la habitación que tenemos reservada. Estamos empacando cuando Federico recuerda que el principal baluarte de la poesía nacional está hospedado en el hotel. Lo ha visto, por azar, en el lobby. Propone buscarlo y llevarlo con nosotros. Cree que se trata de un deber de orden moral, aunque es capaz de admitir que el principal baluarte de la poesía nacional es antipático, pretencioso y, en líneas generales, insufrible. Yo manifiesto estar en rotundo desacuerdo, no tenemos tiempo que perder, mejor olvidarse de ese señor. Cada argumento de Federico a su favor acicatea más mi negativa. Empuño ese no con violencia, como si se tratara de la cacha de un revolver. Federico comienza a llorar cuando, tomándolo de la mano, lo obligo a caminar hacia el estacionamiento, donde nos espera el carro. La tensión de la escena onírica trasciende al plano de la *realidad real* cuando se cae de la cama. Y así acaba todo, con su cuerpo tendido en el piso de la habitación, simulando un costal de papas.

Se manifiesta una extraña sincronía: cuando pronuncia esta última frase los niños disfrazados se caen del cují. Es muy gracioso verlos intercambiar pescozones mientras se masajean las piernas y los brazos. Yo corono las palabras de mi amigo con una sonrisa, amplia y humana, como el aplauso de una multitud. Lo que más me intriga del sueño es la fascinante presencia de un cordón umbilical que lo une, de alguna manera, al canon que el principal baluarte de la poesía nacional representa; un cordón umbilical que, al mismo tiempo, solo puede existir como máscara, como pantalla de sombras chinescas que oculta la imposibilidad verdadera de esa relación escritural. No obstante, decido reservarme este análisis. Prefiero agradecerle con un beso por permitirme practicar en sus sueños ese ejercicio simbólico, determinante y liberador. Llevar al principal baluarte de la poesía nacional con nosotros, a nuestra nueva vida como supervivientes del día del fin del mundo, hubiese sido como arrancarte los huevos, digo.

Al final, después de mucho discutir y planear, nunca llegamos a lanzar la revista literaria *online*. Elegimos escribir en el aire, tal y como lo hacían sus gatos.

Guisantes y gasolina

Sleeping on your belly
You break my arms
You spoon my eyes
Been rubbing a bad charm
With holy fingers
Pixies

Le dije que leer un buen libro era como encontrar un *six-pack* de cervezas heladas en una isla desierta y calurosa, una isla remota, de arena blanca, parecida a la isla de la película esa en la que Tom Hanks se la pasa hablando con una pelota de voleibol. Le dije que cuando leía un buen libro dejaba de sentirme tan náufraga, tan llena de arena, tan picada de mosquitos. También le dije que me resultaba maravillosa la idea de abandonar por un momento la manía de andar hablando siempre con nuestras respectivas pelotas, y que entonces todo empezara a ablandarse a nuestro alrededor, a ceder terreno, a dejarse andar.

Meche, mientras buscábamos la salida del museo, dijo que las canciones y los libros mediocres eran como botellas vacías lanzadas al océano, y seguramente hubiera resultado poética, ella, delgada como el filo de un cuchillo de claridades, inexpugnable como los ideogramas en los letreros de los restaurantes japoneses, si esa afirmación no hubiese respondido a una lógica automática derivada de esa insistencia, tan suya, tan tembleque, de asumir el vacío como una *prótesis* verbal: llevarlo en la boca como si se tratara de un caramelo pinchado, el último vestigio de aquella época dorada en que los secuestradores todavía regalaban caramelos en la entrada de los colegios. Siempre le gusta imaginar que se come al lobo, caperucita pálida, ojeras sucias de macramé. En todo caso, Meche dijo que no le gustaba esa película: es demasiado lenta. El salitre desgasta la fotografía y los primeros planos del océano terminan por marearla. También están sus inclinaciones fatalistas de por medio: no soporta los finales felices.

Nunca estamos de acuerdo en nada.

Nunca la veo de la misma manera.

Algunos días me parece demoledora, casi tan demoledora como un poema de Bataille: oscura, desgarrada por la inmensidad, viviendo cada día como si se tratara de un alegre suicidio. Se viste con todos esos trapos negros y se dedica a arrancar las estrellas del cielo, una a una. Durante esos días puedo escuchar el ruido que producen sus uñas cuando arañan el vacío y, entonces, yo también me pongo intensa y solo deseo que sus uñas se claven en mi espalda hasta convertirnos en una postal grotesca de chicas siamesas en el jardín de un hospital para enfermos terminales.

Otros días me recuerda a un poema de Walt Whitman, un poema fervoroso y meridiano. Canto de pájaros venidos de Alabama, ondas de ríos invisibles, vientos místicos y dulces, cubriendo el cielo, la tierra y esta ciudad brillante (esta ciudad pequeña que titila como un aviso luminoso desde la quijada rota de otra ciudad más grande y perdida). Somos niñas entonces, niñas acostadas en la hierba, celebrando cada uno de nuestros átomos.

Y otros días sufre, simplemente, como un poema de Vallejo. Sueña que vive de nada y, más aún, que muere de todo. Se dedica a ponerle acentos lóbregos al día mientras se sienta borracha sobre ataúdes imaginarios en algún cementerio parisino. Entonces siento la naturaleza del dolor, el dolor dos veces.

Ella parece balancearse, de un extremo a otro, sobre la tela de una araña que de vez en cuando no resiste otro cuerpo, este cuerpo que se desbarranca por sus cambios bruscos de humor hasta que la física se apiada de él. Nunca estamos de acuerdo en nada.

Ayer, después del museo, Meche me acompañó al médico. Últimamente, la gastritis me hace morder el cielo y maldecirlo todo. Ese cielo, despedazado por mis dientes, tiene el color de las aletas de un delfín mutante y agónico, un color de animal medio muerto flotando en las aguas del Guaire. En la sala de espera, escuchamos a dos enfermeras comentar, emocionadas, los resultados del Miss Universo. La mujer venezolana, definitivamente, es la más bella del mundo, sentenció en voz alta la enfermera del traje estampado con motivos de Mickey Mouse, la más enjuta, la más fea.

El médico me obligó a tragarme un tubo y luego me despachó sin grandes explicaciones. Me recetó unas pastillas para la acidez y me dio cita para la próxima semana. Meche se despidió de mí en la entrada del metro. Estaba hermosa, evocaba una belleza dramática y destructora, un tipo de belleza que, a mis ojos, solo ella y las grandes actrices del cine de principios del siglo XX logran encarnar. Besó una de mis manos con gestos medievales y me quedé allí, de pie, como una tonta, viéndola perderse entre la multitud hasta que se convirtió en una mancha borrosa.

Cuando llegué a casa continué con mi lectura de *La tercera mujer*. Pasar las páginas y sentirme encapsulada en las filosofías de tocador de siempre, una misma cosa. Me sentía incómoda y apretada allí adentro. El discurso de Lipovetsky se fracturaba y dejaba de sostenerme… el muy tarado se atreve a afirmar que la mayoría de las mujeres que compran pornografía solo lo hacen para establecer cierto tipo de complicidad con su pareja masculina. Su *tercera mujer* es como la Robotina de *Los supersónicos*: profesional, emprendedora y de un plomo pesadísimo. Me quedo dormida pensando que sus postulados teóricos, ciertamente, hubiesen dado un giro importante de conocer a mi ex: Diana cultivaba una mejor relación con su vibrador que conmigo.

No me gustan los ascensores. Me ponen nerviosa. Por eso detesto tener que ir a la oficina, subir dieciocho pisos enterrada en uno de esos ataúdes, resucitar ante un rebaño de burócratas que no saben escribir cartas. A veces, prefiero ir por las escaleras, aunque la resurrección termine por resultar más penosa: cuando finalmente alcanzo el escritorio, mi apariencia no tiene nada que envidiarle a un clon de Linda Blair en *El exorcista* cruzado con células de Michael Jackson. Por lo general, mi piel toma un color amarillento, mis músculos convulsionan y se retuercen. No vomito cosas verdes, ni me clavo tijeras en el coño, pero tengo que aceptar que doy la impresión de haber pasado la noche enterrada en el jardín.

En teoría, estoy contratada como periodista. En la práctica, me veo obligada a repartir mi tiempo entre la redacción de contenidos para nuestro portal web y la corrección de estilo de las cartas, los memos y los discursos que escriben los directivos de la institución. Estoy rodeada de ingenieros. Ingenieros de todos los tamaños y todos los colores, que creen que personas como yo estudian periodismo porque quieren aprender a escribir *bonito*. No puedo negar que esta reducción simplista ocasiona en mí estados cercanos a un rapto violento y monstruoso. Siento que unos dedos inmundos tiranizan mi caja torácica hasta dejarla sin aliento y me transportan a comarcas distantes, despobladas de estatuas y de héroes corajudos que ganan el Pulitzer. Sin embargo, lo que más detesto de los ingenieros de la oficina es esa creencia vulgar y casi religiosa de que Rómulo Gallegos ha sido el único escritor que ha caminado sobre este jodido país.

Meche dice que soy claustrofóbica. Cuando ella llama y dice que no puede venir, me siento encerrada y a oscuras, atascada entre un piso y otro, sin botones de emergencia. Empiezo a sentir que me asfixio. La certeza de que en ninguna sala de emergencias pueden compensar esta sensación, me obliga a vagar por allí, con el corazón entre los dientes y los pulmones de turbante, como uno de esos faquires que protagonizan, por accidente, crónicas de primera plana en los periódicos amarillistas.

Sé que Meche se burlaría de mí si se lo digo. Ayer estuve a un paso de decírselo, pero al final no me atreví. Me quedé acostada, a su lado, con las manos dobladas sobre el pecho, como se las doblan a los muertos. Tenía ganas de llorar, imaginaba un calambre en las palabras, un calambre que las retorcía hasta dejarlas postradas en sillas de ruedas. Cerré los ojos y conté hasta diez, como cuando era niña y jugaba a las escondidas o a la gallinita ciega. Cuando desperté, ella ya no estaba. Mi cabeza se convirtió en un paisaje árido, caluroso, con cientos de obstáculos que me impedían andar y algunos puñados de ramitas quebradas, de las cuales no podía sujetarme. Mientras me peinaba frente al espejo, pensé en Meche y en todos aquellos discursos magistrales que siempre se monta sobre la filosofía zen del desapego y el amor libre de los anarquistas. Sentí ganas de pegarme un tiro.

No me gustan los locales de ambiente. Diana hizo que terminara odiándolos. Me arrastraba todos los viernes por la noche hasta alguno de esos antros y no me quedaba más que imaginarme en el interior de una melancólica burbuja capaz de conjurar el tecnomerengue y la borrachera general. Luego, me dedicaba a ocupar esa burbuja, como quien ocupa un búnker en tiempos de guerra. Con Diana todo pasó demasiado rápido. De ignorar por completo la existencia del clóset en donde ella, irremediablemente, me visualizaba, pasé a engrosar las filas de los colectivos que se la pasan protestando a favor de los derechos gays en frente de la Asamblea Nacional. Fue rarísimo. Sin haber estado nunca en el clóset, me encontré, de pronto, saliendo de él.

Diana era una férrea militante. Estaba tan chiflada por la militancia que, si la hubiesen secuestrado los extraterrestres para estudiar nuestra raza, la habrían devuelto, de inmediato, y todo por la tremenda confusión que, seguramente, habría causado en ellos: no se consideraba ser humano, sino lesbiana. Lo único que le faltaba decir era que los destellos del arcoíris iluminaban a la humanidad entera, y que al final de los colores encontraríamos al enano más maricón del séptimo anillo del universo, santo patrono de las lesbianas, los maricos, los travestidos, y transexuales con una inmensa olla de monedas de oro para darnos por el culo a todos por igual.

Estuvimos juntas durante ocho meses y nuestra relación se convirtió en una pancarta, en una eterna protesta. Estaba harta de meterme mano con ella en frente de la Asamblea Nacional. Sentía que los besos que constantemente me prodigaba en esas aceras del centro, no eran más que recursos políticos para reforzar las gloriosas luchas del colectivo. Terminamos el día de la marcha del orgullo gay. Estaba agotada y decidí no ir. Un avance del noticiero interrumpió la película que estaba sintonizando, mientras esperaba que la lavadora terminara uno de sus ciclos. Era extraño que una televisora cubriera el evento y me alegré de que estuviéramos alcanzando cierta visibilidad. En primer plano pude detallar a un reportero con cara de terror, en segundo plano distinguí a Diana besándose con una camionera desconocida.

Meche encontró un mensaje de su hermano en la máquina contestadora. Estática, ruidos indescifrables y luego la voz de Tomás, tiránica y despechada, cayendo como un tronco sobre su conciencia. *Papá está en terapia intensiva y tú no apareces.* Otro giro de tuercas para una historia familiar sin reveses, *papá está en todas partes y ella no aparece.*

Decide no contestar más el teléfono. Sabe que la alcahueta de Tomás intentará practicar paracaidismo sobre los territorios más inhóspitos de su psique, que intentará desenroscar la culpa, el deber filial y otras culebras perentorias, amparado en su posición de hermano mayor, a pesar de que ella le ha repetido hasta la saciedad que no le interesa para nada la vida, obra y milagros del gran inquisidor de Tumeremo, oficiante del más cruel oscurantismo y dinosaurio redivivo, escapado de una película de Spielberg.

Meche, mientras editamos un video de su último *performance*, me pregunta si aquello nunca va a acabar. Algo le dice que, ni, aunque se muera el viejo, aquello se acaba, y eso lo sabe porque, cuando finalmente logró irse de casa, el nombre del padre la confinó durante años a largas sesiones de terapia con su vecina, psicoanalista amateur. El nombre del padre estaba en todas partes, como un símbolo mohoso de aquel parque jurásico que fueron su infancia y su adolescencia, delimitadas por el comisariato moral y las redadas que el viejo planificaba para decomisar sus brillos labiales, sus revistas y otras naderías.

Su psicoanalista, lacaniana ortodoxa, durante las larguísimas sesiones a través de las cuales pretendían atrapar a aquella niña triste que Meche había sido, le explicaba que el ser humano se estructuraba en la mirada del otro y ella, hundida en el diván, sintiéndose como una apestada, pensaba entonces en que no había cura posible porque se había torcido en la mirada de su padre, en su bizquera fisiológica y concreta. La leve bizquera de su padre en esos momentos se le revelaba como la evidencia del inconmensurable estrabismo mental que la nombró y le otorgó una identidad. Sintió mucha rabia al comprender que había crecido en las pupilas del monstruo y que quizás estaba condenada a permanecer encerrada de por vida en ellas.

En la pantalla de la computadora puedo ver a Meche sacándose la camisa y preparando los últimos detalles para homenajear a Valie Export, la célebre artista austríaca que se dejaba tocar las tetas en las calles de Viena. Claro, le explico a mis amigos, hay todo un rollo feminista de por medio. La cámara enfoca su espalda descubierta y solo pienso en darle vueltas como a la gallinita ciega que, quizás, ella también es. Y no sé de dónde me viene este tonito infame de bolero, pero pienso que necesitamos desorientarnos, solo para intentar rozar, al menos con los dedos, las espaldas de las personas que nunca llegaremos a ser.

Más allá de las teorías *queer*, que son un verdadero rollo, no termino de entender por qué ser lesbiana es tan difícil. ¿Se trata de un caso de sonambulismo teórico? Sin que me quede nada por dentro, puedo decir que lo único verdaderamente complicado de ser lesbiana es aquello de no equivocarme con las mujeres que me atraen. Tengo que aceptar que mi GPS está chueco, desubicadísimo, como pavo asado en fiesta de vegetarianos: siempre intento enredarme con la más férrea y obstinada hetero de toda la fiesta.

Meche, al mejor estilo de Corín Tellado, dice que odia a su padre porque durante su adolescencia el miedo que sentía por él había superado cualquier clase de respeto, y porque se había hallado, de pronto, borrando cualquier pista que pudiera ayudarlo a descifrar sus verdaderos pensamientos: aquello era peor que las dictaduras del cono sur durante la década de los setenta y peor, incluso, que el mundo distópico del *big brother* de Orwell y sus telepantallas. Lo odia porque el viejo, con sus sermones, había desintegrado su personalidad, porque en las fotos de esa época solo aparecían fachadas de ella, coartadas cuidadosamente elaboradas. Y porque en un plano muchísimo menos complejo, no la dejaba salir y le decía que tenía cara de puta. Lo de la cara de puta el viejo lo atribuía al parecido físico de Meche con su mamá.

Lo odia porque el viejo era un misógino y un verdadero degenerado que la obligaba a sintonizar todas las tardes programas repetidos de *Los tres chiflados*, a aprender piezas para guitarra clásica compuestas por Aldemaro Romero y a leer las obras completas de Arturo Uslar Pietri. Además, me sé de memoria la historia de cómo el viejo aterrorizó a su único amigo del bachillerato amenazándolo con una escopeta.Pero yo nunca le creí. Siempre pensé que lo que más la afectó, si es que aún pudiera existir una cosa peor que estar rayadísima en tu liceo por ser la hija del bizco sicópata de la escopeta en tiempos de Madonna, Tropi Burger y los patines en línea, es que luego de que el viejo se ensañara tanto con ella, en nombre de su amor paternal, no saliera corriendo a buscarla cuando se puso a vivir en un barril con Mugre, el mentecato con el cual terminó fugándose. Ciertamente, todos cuando chicos nos escapamos de casa alguna vez y volvimos, moqueando, al día siguiente. Lo increíble del caso es que Meche, cual personaje de una de esas novelas de huerfanitas decadentes que me hicieron tragar en el bachillerato, quedó sumida en la más aplastante y feliz indigencia. *Wild thing*, pensarán.

Mugre no era feo, lo juro. Pero era flaco, desgarbado y pálido como un cadáver. Era un imbécil redomado y un personaje pintoresco de la fauna *underground* caraqueña, acólito de la escena del punk y el metal del Distrito capital. Meche dice que, cuando lo conoció, el tipo no estaba tan quemao, pero olvídate. Al escaparse con él, Meche intentaba alcanzar desesperadamente esa utopía degenerada que todos los jóvenes, esos que nos criamos viendo elefantes volar en las películas de Disney, intentamos alcanzar: la libertad.

Pura y dura comiquita.

Desde hace tres días no sé nada de Meche. No contesta mis llamadas. Cuando marco su número solo escucho ese tono tan desagradable repicando en el vacío. Pongo a todo volumen el primer disco de The Strokes. Escucho la canción número cinco, una vez detrás de otra. Si volviera a nacer quisiera ser esa canción.

Meche dejó sus zapatos deportivos aquí. Sé que es totalmente ridículo, pero los acaricio con la mirada como si a través de ellos pudiera tocarla. Me gustan esos zapatos. Los compró en una tienda de artículos deportivos y muestran varias L y varias T que se concatenan en colores grises sobre el cuero negro. Las extremidades de las letras parecen estar siempre tironeándose de una manera violenta, sin perder por ello la postura estilizada de los yoguis. Las piernas de las L y los brazos de las T permanecen rígidos, imbatibles, recreando una proeza gimnástica y, al mismo tiempo, una estampa de amor tántrico.

Acostumbra a dejarlos en la entrada de la habitación, al lado de la puerta. Yo los observo desde la cama con aire triunfal. Ella se quedará dos horas más. Mis piernas de L, sus brazos de T permanecerán entrelazados, desatendiendo toda estética, en medio de un caos de almohadas y edredones, hasta que llegue el momento de ir a la oficina.

Me gustan esos zapatos al lado de la puerta. Es como si dijeran nos vamos, y luego se quedarán allí, con los cordones desatados, y la lengüeta encorvada, sin poder dar un paso. Me gusta cuando ella los deja al lado de la puerta, porque entonces entra a la habitación en puntillas, con el respeto de quien penetra en un recinto sagrado. Va en puntillas solo por no ensuciarse las medias (son mis ojos los que inventan la reverencia). Una procesión peregrina y de rodillas, la manera en que un pie adelanta el otro, y las manos que buscan sujetarse del aire antes de alcanzar finalmente la cama.

Durante las últimas semanas no he podido dormir. Lo mismo da que Meche duerma junto a mí o no. Los eternamente olvidados hermanos Grimm renacen desde las cenizas de mi infancia para recomendarme una marca de somníferos: el verdadero amor, como en los cuentos de princesas, es un guisante debajo del colchón de la cama. Es un guisante que te jode la espalda y hace que te despiertes en mitad de la noche porque una voz que fluye desde tus sueños, una voz extrañamente parecida a la de Billie Holliday, te dicta que no puedes perder el tiempo, que debes besarle el cuello a esa persona que duerme a tu lado, que debes meterle la mano por dentro de los pantalones. El amor es un guisante que se te queda metido en el ombligo como un puto cordón umbilical y te ayuda a respirar, aunque no lo digas mucho, aunque casi no lo digas. Los hermanos Grimm, vistiendo unos trajecitos bucólicos sacados de un comercial de mantequilla danesa, me alcanzan una pastilla y un vaso de agua: el amor es un guisante, una cosita frágil y nimia, en apariencia. Por eso es por lo que muchos lo aplastan, sin querer queriendo, hasta dejarlo a ras de suelo, como un chicle viejo. Algunos, incluso, se acuestan sobre él, le sacan algunos quejiditos y lo revientan. Allí quedó todo. El amor no es infalible, no es tan poderoso como para redimir a cierta clase de cabrones.

El terreno de La Trinidad recordaba a una lejana arcadia coronada por un cielo sucio, manchado de esmog. Allí no había lugar para pajaritos ni para descripciones panteístas de la naturaleza. Sobre la grama, dispersos, estaban los diez barriles de madera. Eran barriles de los que se usan para almacenar vino y tenían unas proporciones nunca vistas en un país caliente y caribeño. El terreno parecía un monumento a Baco, la escenografía de una fiesta de polifemos borrachos, un lugar de culto, tan inexplicable y misterioso, como Stonehenge. Los barriles, por supuesto, estaban vacíos desde hacía mucho tiempo y, tumbados en la grama, podían albergar a varias personas de pie.

Mugre heredó uno de los barriles de un malabarista, medio faquir y timador, que se ganaba la vida escupiendo fuego en los semáforos y robando carteras en el metro. Al malabarista lo atropelló una ambulancia mientras hacía morisquetas en el semáforo y ninguno de sus vecinos lo extrañó. Mugre conservó algunas de sus pertenencias: un mechero de gas para cocinar y una revista *Playboy*, pero también se robó algunas cosas de la casa de sus viejos y convirtió el barril en uno de los más confortables de aquella chifladísima vecindad y casi escuelita de supervivencia del chavo del ocho. Meche empezó entonces a pasarse los días metiéndose mano con Mugre e intentando descifrar los rayones que había dejado el malabarista en la madera del barril: pulsiones ágrafas y postadolescentes. La típica calavera trazada en grafito, con ojos huecos y exorbitantes, le sonreía siempre, intimidándola.

Sin embargo, se adaptó pronto a la atmósfera que se respiraba en el terreno. Buena parte de sus vecinos eran muchachos excéntricos que intentaban vivir allí por breves períodos, impulsados por lecturas mal digeridas de Bakunin, Kropotkin y las canciones de Johnny Rotten. Todos ellos se declaraban ácratas radicales e, incluso, recibían la visita de anarcos extranjeros con los que se la pasaban en grande sembrando papas. Los demás eran saltimbanquis y titiriteros que vivían en un eterno peregrinar por el subcontinente. En este sentido, las caras se renovaban de manera constante. Los ácratas a veces protagonizaban motines con el fin de sembrar papas en el espacio que los saltimbanquis habían destinado para practicar sus números circenses, pero, en general, no había mala vibra. Más adelante, el terreno se putearía, todo se iría a la mierda y la comunidad adquiriría el mote de Piedradura, pero Meche se fue antes de que ocurriera eso.

Ella recuerda su estadía en el terreno como una intensísima epifanía, por medio de la cual se le reveló, por supuesto, erróneamente, que la verdadera clave de la vida tenía forma de pene. Tuvo también la oportunidad de celebrar, aunque con evidente retraso, el advenimiento de los grandes sucesos que transformarían para siempre la historia del arte: la certeza de que las guitarras no tenían por qué limitarse a emitir sonidos armónicos y la convicción de que no solo los fósiles arqueológicos tenían la potestad de hacer literatura. Su espíritu ascendía más allá del Tao y finalmente hallaba respuestas. Alucinaba con la comunidad, a pesar de que sus vecinos amenazaban con expulsarlos, argumentando que armaban unas trifulcas horrorosas, en medio de las cuales se caían a puñetazos y se amenazaban con objetos contundentes. Al final, los dejaron tranquilos porque descubrieron que solo estaban tirando.

Estos maravillosos momentos no impidieron que se fuera aburriendo de Mugre y de sus bizarros toques en las plazas públicas. Después de un curso intensivo de esa toma y dame de sincronía catastrófica, que intentaban emular el sentido primigenio y más anárquico del punk, empezó a considerar este género como un género menor. A los pocos meses, harta de comer papas y de pedir dinero en los vagones del metro, se fue a vivir a La Libertador con un pintor que, de vez en cuando, visitaba el terreno. Se animó a inscribirse en la Universidad de Artes Plásticas, en donde el tipo dictaba clases.

Lo demás, también, es pura y dura comiquita.

A Meche no le gusta decir que trabaja en un museo. Le parece poco inspirador. Últimamente le ha dado por decir que trabaja vendiendo seguros de vida y parcelas del Cementerio del Este. Lleva siempre vestidos negros. La gente la mira como si viniera de otro planeta. Yo les digo que estoy enamorada de la novia muerta de mi mejor amigo para no quedarme atrás, y entonces empiezan las risitas nerviosas. A los pocos segundos, estamos solas, de nuevo. Los que se quedan obtienen el derecho de dar una vuelta en nuestra nave espacial.

Meche tiene un sentido del humor divino. Tiene más sentido del humor que el cantante aquel que se inmoló en un suicidio ritual y dejó una nota en que se disculpaba por haber manchado la pared de sangre. Si mal no recuerdo, su nombre artístico era Dead, el de Mayhem, la bandita noruega de *black metal* que trascendió en la historia musical más por ser un hatajo de desquiciados, que por la creativa composición de sus piezas. Dicen que Euronymous, miembro fundador de la banda, se comió los sesos de Dead después de tomarle una fotografía a su cadáver para, posteriormente, imprimirla en franelas, tazas de café y diversos artículos de *merchandising*. Esos noruegos me matan de la risa.

Hoy planeaba decírselo todo a Meche. Planeaba hacerle una declaración de mi amor, sensiblera como un bolero y, seguramente, tan tétrica como la discografía de Mayhem. Planeaba decirle que cuando no contesta mis llamadas siento ganas de cortarme con botellas rotas y desangrarme ante la mirada impávida de los vecinos del edificio, de la misma forma en que lo hacía Dead, ante cientos de personas, en sus conciertos. Sé que Meche me amaría para siempre si me pongo en una de *happening* con animales muertos en la entrada del edificio. Aún recuerdo cómo andaba de emocionada por el *performance* de una muchacha que consistía en revolcarse, semidesnuda, sobre una montaña de grasa de vaca en el *hall* del Centro de Estudios Latinoamericanos Rómulo Gallegos. Pensaba que era muy sexy. La gente que estudia artes es siempre muy rara.

Y es que cuando la veo me provoca hasta comerme sus sesos, no importa todas las barbaridades que diga.

Esta tarde, su gran afición por los lugares lúgubres nos colocó en un banco del parque Los Caobos. Estábamos sentadas en ese banco maloliente del parque, las nubes parecían berenjenas quemadas, trinchadas por un tenedor de materia cósmica y, aunque por el simple hecho de estar allí, junto a ella, me sentía resplandeciente, mucho más eufórica que cuando conseguí las obras completas de Anaïs Nin en un remate del puente de las Fuerzas Armadas, no pude reunir el valor de decírselo. Lo confieso, me paralizó que pudiera pensar que soy demasiado convencional.

Lejana del budismo zen y el anarcoprogresismo, entusiasta insalvable de la propiedad privada y el amor burgués. Lo sé. Me acusará de querer convertir su cuerpo en un condominio con estacionamiento y maleteros. Me acusará de tener el cerebro cortado por la tijera de los valores patriarcales de los que no para de hablar. Cuando llegué a casa y me vi en el espejo, sentí que merecía que mi habitación fuera invadida por una pandilla de neonazis del cono sur y que, además, merecía que me torturaran obligándome a observar cómo arden en una pira mis discos de Ella Fitzgerald y mis libros de Guillermo Meneses. Sentí ganas de que, con el bisturí perdido del doctor Mengele, me practicaran una lobotomía.

Hace unos días soñé que Meche se besaba con la camionera desconocida que mi ex estuvo manoseando, en vivo y directo, durante la marcha del orgullo gay. Como no le pude ver la cara, debido a que mi ex parecía estársela arrancando de un mordisco, mi inconsciente eligió sustituir esa ilusión óptica con la cara del ilustrísimo, y para nada atractivo, Rómulo Gallegos. Evidencia, clarísima, de que los ingenieros están afectando seriamente mi vida emocional. El sueño tenía una atmósfera pesada y lenta, casi plagiada a una escena de un resumen escolar de *Doña Bárbara*. Me desperté sobresaltada y me colgué a llorar como si fuera una bibliotecaria extraviada en aquella escalofriante pesadilla.

Como era de esperar, pasé toda esa mañana intentando llenarme de valor para hablar con Meche. Quería decirle que la amaba, quería decirle que cuando ella sonreía yo sentía que todo a mi alrededor se volvía más nítido y que, por ella, sería capaz de pasarme el resto de la vida con una pancarta en frente de la Asamblea Nacional. Quería decirle que, cuando estamos juntas, nada más importa.

Pero, de nuevo, no pude.

Mamá me regaló un boleto para ir a visitarla y, mientras viajaba en el autobús, paladeaba el sabor de la derrota: la derrota sabe a café. Mamá me recogió en la terminal. Se alegró muchísimo con eso de que estuviera trabajando con los ingenieros. Dijo que pronto, si me concentraba en ahorrar, podría operarme las tetas. Mi hermano menor, luego de mucho hacerse rogar, accedió a cenar con nosotros. Llevaba los benditos audífonos del iPod del que jamás se separa, y daba la impresión de que no estaba, de que se había quedado en casa mientras nosotros arrastrábamos el monigote de su cuerpo físico. Aceptaba o negaba con la cabeza para despistar a papá que, como está medio sordo, no escuchaba la matraca que se propagaba desde los audífonos y martirizaba a los comensales de las mesas cercanas.

Mi hermano es uno de los peores vagos que he conocido en la vida. Congeló sus estudios el día en que obtuvo el puesto número 1714 del ranking mundial de Counter Strike. Su plan era dedicarse durante el resto del semestre a jugar como desaforado, para obtener el puesto número 701. Después de eso, se daría por satisfecho y volvería a clases. Pero sus planes pronto vinieron a dar por tierra, pisoteados por millones de ratones en los cuales media humanidad, en red, cliqueaba, hasta la mismísima mano de Dios, en red, cliqueaba, exterminando, una y otra vez, a su equipo de combate virtual. Después de tres años no ha logrado pasar del puesto 912. Es realmente patético. Cuando me preguntan por qué soy lesbiana, digo que mi hermano me arrebató toda la esperanza que podía poner en un hombre. La gente siempre termina por creérselo.

Cuando despertamos, el dinosaurio ya no estaba allí. Pero no se trataba de un minicuento de Monterroso, sino del novelón que era la vida de Meche. El viejo se había muerto. Meche no habló durante toda la mañana, ciertas imágenes definían y habitaban su cuerpo como si fueran los fantasmas de las casas embrujadas de las películas de Hollywood. Al principio pensé que Meche era una de esas casas, pero ella tenía unas ojeras gruesísimas y se veía mucho más estropeada. Entrada la tarde, le encontré cierto parecido con el niño rubio y adorable de la película *Sexto sentido*: estaba viendo gente muerta a su alrededor. Aunque aún no abría la boca, yo podía captar la nitidez de esas imágenes que la perseguían, en alta resolución. Y tal vez por eso me quedé allí, con los ojos clavados en sus pies descalzos, invadida por un sentimiento de solidaridad agreste y elemental, preguntándome si la vida no se trataba, precisamente, de mantenernos en esa negociación constante con la muerte. Entonces sentí que no había cielo abierto que pudiera redimir esa necesidad de tomarle la mano a Meche, de decirle que todo estaría bien, que no había camino a casa que pudiera redimir esa necesidad de salvarme, y de salvar a Meche y al dinosaurio; era una necesidad ciega y acuciante de salvarnos, de salvarnos no sé de qué demonios.

No me gustan los cementerios. La grama es tan verde que me provoca llorar y siempre los de la funeraria terminan por confundirme con la viuda del difunto. Para sorpresa de todos, Meche quiso ir a despedirse del viejo. Estaba vestida de negro, como todos los días, pero las personas que no la conocían interpretaron sus trapos como el símbolo de un duelo profundo. Por uno de esos extraños azares que rigen nuestro paso por los autobuses de esta ciudad, cuando nos dirigíamos al Cementerio del Este, una señora histérica, que gritaba y sacudía un crucifijo, nos entregó esta tarjeta:

Si usted muere hoy, ¿dónde pasará la eternidad?

Si usted no está seguro,
sintonice la emisora **VVN 1920 AM**
Emisora totalmente cristiana

¿Quiénes van al cielo?
Lea: Juan 1:12, 5:24
¿Quiénes van al infierno?
Lea: Salmos 9:17; Apocalipsis 21:8

Meche miró la tarjeta con ojos inexpresivos, estaba casi catatónica. Yo no pude evitar responder mentalmente. Como nuestro dinosaurio, y como sus sucesores de toda especie en este valle petrolero, resucitaría bajo la forma de un galón de gasolina. Me pasaría la eternidad ardiendo como aceite de motor.

Volvimos a casa de Meche cabizbajas y en silencio. Ella dijo que quería caminar un rato. Yo me hundí en el sofá y marqué el número de mi padre cuando entendí, por el ruido de sus pasos, que ya estaba lejos del apartamento. Quería estar segura de que mi padre aún estaba allí, de que no se había esfumado como lo había hecho el dinosaurio. Una paranoia rara. Él contestó y no sé por qué pensé en galletas de guayaba. Siempre comíamos esas galletas, eran nuestras favoritas. No sabía qué decirle. Iniciamos esa dinámica tan conocida por ambos, una retórica de ping pong que jamás pasaba del simple saludo. Repetíamos lo mismo, una y otra vez, con distintas palabras. Un abismo nos separaba, pero no había resquemores, ni mala conciencia. Recordé que un personaje de Rubem Fonseca, en *Agosto*, le dice a su amante que los hijos nunca quieren a sus padres. Ese razonamiento me pareció entonces desmesurado, algo que solo se le podría ocurrir a un matón de cuello blanco, algo que solo podría decir, sin que le temblara la voz, un personaje de ficción. Tal vez por eso quise colgar y salir corriendo a buscar a Meche, pero no lo hice. Le pregunté si aún vendían galletas de guayaba. Me contestó que no.

Esa noche, cuando nos disponíamos a preparar la cena, lo solté todo. Le dije que la amaba. Me ahogué en un océano de palabras absurdas, mis manos eran de gelatina, sentía que necesitaba un salvavidas para no naufragar en medio de la sala, para no asfixiarme debajo del sofá. Contra todo pronóstico, Meche no dijo nada, su boca parecía el trazo torpe de un niño que apenas aprende a dibujar. Se limitó a mirarme como quien mira a un cachorro arrollado. Los colores del arcoíris se entremezclaron, lo empecé a ver todo muy negro. La derrota era viscosa, oscura, eterna. Sabía a gasolina. Entonces me fui a la cocina a pelar calabacines y a esperar la próxima glaciación.

La primera visita de la cobaya

para Guillermo Parra

Ruido apagado de pasos que parecen estar remontando una escalera sin fin. Música de violines de comercial de tarjetas de crédito, de esos que te recuerdan con amabilidad que el oxígeno que respiras no tiene precio. Estoy sentada en una silla giratoria. El piso está alfombrado. De los gruesos anaqueles de madera oscura sobresalen los lomos opacos de varios centenares de libros. Me encuentro en una biblioteca de lujo. El ambiente está animado por esa pincelada rancia tan característica de los ambientes decorados con antigüedades; a pesar de las puntillosas restauraciones, el moho permanece alojado en el espíritu de la sala. La cobaya entra caminando erguida. Va vestida con una bata roja de satén. Lleva zapatos de basquetbolista, pero no deja de derrochar cierta elegancia. Al principio me mira de reojo, como haciéndose la dura, pero después le baja dos a la intensidad y viene a sentarse a mi lado. Es idéntica a Splinter, la rata gigante que hacía el papel de sensei de las tortugas ninjas. Después de saludarme con una graciosa reverencia de cortesano de siglos pasados, dice:

—Me consideraba una obcecada, me sentía alterada por las visiones de las ventanas. Se multiplicaban en la lejanía. Crecían en mis manos, en las espaldas de los árboles, en la memoria de los insectos muertos. Las flores eran sangre en las ventanas. Las ventanas, iluminadas por luces de motocicletas bajo la lluvia, se abrían a la nada. Intrincadas, como poemas barrocos, las ventanas desordenaban mi tiempo, sembraban palmeras en mis palabras. Cuando las palmeras crecían, dolían como puntadas de agujas. Las ventanas se abrían en los ojales de esas agujas. Y un abismo dentro de un abismo deja de ser un abismo, eso cualquiera lo sabe. Yo podía mirarlo todo a través de las ventanas, las aguamalas timoneando el calor del verano, el imperio de los semáforos, los cráneos de las ciudades enterradas hace siglos. Yo quería quebrar las ventanas y tragarme las astillas de vidrio. Deseaba que las ventanas estuvieran dentro de mi cuerpo, que se abrieran dentro de mi cuerpo. Mi cuerpo como la metáfora de un edificio poblado de ventanas. Mi cuerpo como una metáfora hasta el límite de mi cuerpo —cuando la cobaya termina de pronunciar estas palabras, la sala queda sumida en un silencio sepulcral, sus manos peludas tamborilean sobre los brazos de la silla. Durante ese único instante, en el cual su pie derecho pisa duro para levantarse, envejece lo indecible. Es apenas un fogonazo, una visión que restalla como el flash de las cámaras fotográficas. Es una vejez más vehemente que la habitual. Digamos que es la vejez de una secoya. En posición de yogui: las ramas extendidas intentan alcanzar el cielo. El áspero tronco resguarda los anillos eternos de Saturno. Digamos que se trata de una vejez sin tiempo, si es que no suena demasiado contradictorio. Pero es apenas cuestión de segundos. Cuando la cobaya empieza a dar vueltas como un trompo alrededor de la sala, ya la visión ha desaparecido. Permanezco hundida en mi silla y en silencio intento desentrañar el misterio de las ventanas, me invade la fuerte sospecha de que mi interlocutora tiene los cables cruzados o es una excéntrica o es de las fundidas esas que se creen poseídas por las musas —como si el arte fuera una sesión de espiritismo. La cobaya se detiene y me interroga:

—¿Escribiste el poema? —Lanza la pelota apuntando a mi estómago, imitando la potencia característica del juego del fusilado, ese tan popular entre los niños, ese para arrancarse la piel sin remordimientos.

—¿Cuál poema? —Devuelvo la pelota, el saque es impreciso.

—El del ojo azul quebrado por la lluvia —contesta con naturalidad, como si hablara de pimentones verdes o del último capítulo de la telenovela de las diez.

—¿El del ojo azul quebrado…? —Cavilo un rato, finjo que intento recordar—… Ni idea, no entiendo de qué poema hablas.

—Ya… veo —contesta sin ocultar su turbación. Cierra los ojos y pone cara de Sai Baba en trance, permanece en esa pose durante dos incomodísimos minutos hasta que finalmente dice—: vine a hablar contigo sobre poesía.

—¿Y tú de dónde saliste? ¿Eres mexicana? —pregunto intrigada por su acento.

—Soy peruana. Descendiente en línea directa de Manco Cápac. —Adopta una pose hierática, más adecuada con su pretendido linaje y prosigue—: Vengo a hablar contigo sobre el poeta José Antonio Ramos Sucre.

—Pero si Ramos Sucre murió por allá por los treinta del siglo pasado. —Recuerdo que nunca he leído completa su antología poética, ni siquiera cuando escribí aquel ensayo durante el pregrado, y me pongo tiesa como una estaca pensando que, si me descubre, quedo más rayada que un tigre.

—Los buenos poetas nunca mueren. Aunque tengo una amiga que dice que en tu país los escritores son fantasmas mientras viven y zombis cuando mueren. Por algo lo dirá. Pero, si me preguntas, te diría que esa asignación de roles es conflictiva. —Suspira.

—No entiendo por qué tu amiga diría eso… ¿Te han dicho que te pareces a Splinter, el de *Las tortugas ninjas*?

—No he visto esa película —dice. Mira su reloj y prosigue—, pero no quiero perder el hilo. Te dije que venía a hablarte de Ramos Sucre.

Y en ese momento todo empezó a ponerse más raro, todavía. Como siempre en esta historia, todo empezó a ponerse más raro de lo que alguna vez supuse podía soportar. La cobaya inauguró su discurso haciendo un auto de fe: estaba obsesionada con Ramos Sucre. Sus libros la habían acompañado durante uno de los momentos más difíciles de su vida. Se había sometido a una cirugía de cambio de sexo en Tailandia (esta cobaya resultó una criatura muy sofisticada). Mientras estaba recuperándose de todo el cuchillo que le metieron en aquel país asiático, las facciones más conservadoras emprendieron una campaña de descrédito en su contra y fue expulsada del territorio de las cobayas. Se vio entonces obligada a mudarse a los barrios pobres de Lima, y esto lo dijo en tono lastimero: se vio obligada a convivir entre humanos y ratas. A pesar de su onerosa situación de desterrada, no deseaba rendirse e insistió en reivindicar sus derechos civiles. Durante nueve años anduvo por la capital de su país, pateando la calle, exigiendo la reasignación de género. Pero de la reasignación jurídica ni fu ni fa, concluyó la cobaya. En los tribunales donde presentó su caso se encontraba con puros picados y pendejos.

Regresar a su país después de la operación fue lo mismo que ser atada a una rueda de los suplicios. No se le ocurrió nada mejor que esconder la cabeza como un avestruz mientras se dedicaba a memorizar poemas enteros, braceando en aquel caudal interminable de imágenes primordiales. Descubrió que la poesía era una máquina de viajar por la luz. Una máquina que engendraba máquinas. Los cuerpos que la recibían retenían por segundos su energía, para luego reemitirla en todas las direcciones posibles. Devoró todos los libros sobre Ramos Sucre que logró conseguir a través de eBay y Amazon. Finalmente, emprendió una travesía hasta Caracas como polizonte en el depósito de carga de un avión de Star Perú; su destino final era Cumaná, la ciudad natal del poeta. Afirmó que aquella fue una experiencia que no le gustaría repetir; su gruesa cabellera de criatura andina casi queda chamuscada bajo aquel sol pringoso, exterminador de voluntades. Sin embargo, cumplió con todas las metas que se había trazado y, gracias a las gestiones de un buen informante, incluso, se las apañó para conseguir una biografía de Ramos Sucre que estaba a punto de ser lanzada al mercado y aún se encontraba en fase de impresión. Así fue como reunió un corpus que abarcaba un amplio espectro que partía de lo disponible y se extendía hasta el tráfico y el secuestro textual. Para lograrlo empleó, desde luego, el método de engrasar manos y pasar billetes bajo cuerda.

De vuelta en Lima, se encerró a rumiar el contenido de la montaña de libros que había comprado. La biografía fue, desde el principio, su tomo favorito. Le llamaba profundamente la atención que su biógrafa mencionara que el poeta recurría a dos tipos distintos de somníferos para conciliar el sueño. El Veronal y el hidrato de cloral. La cobaya, precisamente por esos meses, había estado investigando sobre temas relacionados debido a que, a raíz de su expulsión del territorio de las cobayas, se convirtió en informante de la DEA. Su función consistía en redactar informes acerca de la importancia de las hojas de coca en el imaginario cultural de las cobayas. Al pronunciar esta última frase, la narración tiembla en un vaivén de rodillas quebradas, sus palabras comienzan a sonar a pura teoría de la conspiración.

Ella descubrió que Ramos Sucre había sido liquidado por la industria farmacéutica del momento durante la coyuntura de la prohibición de los opiáceos. Culpaba a los laboratorios por promocionar esos productos como panaceas de la medicina moderna, cuando en realidad se trataba de sustancias altamente nocivas y adictivas. Los culpaba por comercializarlos como medicinas milagrosas que, capaces de proveer los mismos beneficios del opio, no generaban adicción, cuando, no obstante, era común que los consumidores terminaran presentando cuadros de delirios paranoides e intentos de suicidio.

Ramos Sucre, afirma la cobaya con solemnidad mientras me mira fijamente a los ojos, al abolir las posibilidades mismas del sueño, tras una delirante persecución de esa sombra inasible en las cabalgaduras del fármaco, recobra una forma *otra* de la experiencia onírica. El sueño como simulacro de muerte.

Ramos Sucre, concluye finalmente, fue una víctima más de los monstruos de Frankenstein creados durante nuestro siglo XX notoriamente pujante, positivista y modernizador. Y, por supuesto, también fue un destacado representante de la poética del desarreglo de los sentidos por estos parajes.

La cobaya está visiblemente emocionada. Siento que me está retando (apuesto a que no puedes desmontar mis controvertidas aproximaciones críticas, apuesto a que no). Como no sé si lo que dice tiene algún sentido, porque tampoco me he leído esa fulana biografía, le contesto que me parece significativa y aguda su lectura; sin embargo, objeto, sus afirmaciones son polémicas en grado sumo.

La cobaya se fragmenta en diez cobayas. La escena pasa a negro.

Sincretismo

Elena cree que se ha quedado frígida. Camina por las calles de la ciudad buscando tiendas de juguetes sexuales. Ha logrado reunir una colección de cuarenta piezas. Mientras recorre los centros comerciales, recuerda lo mucho que se esforzaron las solteronas del curso de estudios bíblicos que tomó cuando hizo la primera comunión en prevenirla sobre los peligros de la lujuria. En ese paisaje desbarajustado por cuentas de rosarios, por cirios ardientes, el goce era una condenación al infierno. Podía imaginarlo como algo terrible y, a la vez, como algo inversamente proporcional en maravillas.

Elena no pudo sentirse más defraudada cuando entendió que el infierno no era un lugar accesible y que el goce tenía sus elegidos. Fracasó en aquello de observar su cuerpo con claridad en el texto del deseo. Fracasó en observar sus pies alargados por los tacones de aguja, caminando sobre las vocales. Fracasó cuando la piel bajo el liguero no tembló bajo una tormenta de signos de puntuación. Un pene flácido y la mano de sus maquinaciones suelen armar componendas en su escritorio. Ella cierra los ojos durante varios minutos, esperando a que se evaporen o se vayan a vivir con las ardillas lujuriosas de la cuadra.

Elena encuentra un libro una tarde de julio. En la mano derecha, una bolsa de papel. En la mano izquierda, el celular, en cuya pantalla se despliega el mapa del barrio. Cuando cruza la puerta de la librería, es un diminuto punto azul encimándose a un alfiler rojo. *Teoría King Kong*. La curiosidad por un título tan destemplado la arrastra hacia la caja, tarjeta de crédito en mano. Lo lee en el parque, entre fríos sorbos de agua carbonatada. Sabe que hay libros con los que uno no puede quedarse a solas. Son necesarios los ruidos del parque, las siluetas de los niños, el revolotear de las palomas. La parte que más llama su atención es esa en que la autora relata sus experiencias como prostituta. Elena piensa que los hombres pasaban por *encima* del cuerpo de la narradora, pero no *por* su cuerpo. Solo así podía convertirse en una coleccionista de experiencias y billetes. Piensa que a ella le ocurre lo mismo con los juguetes, empezó a reunirlos cuando dejó de creer en su eficacia, cuando entendió que esos objetos carecían de una función práctica en el espacio oscuro de su deseo.

A Elena no le incomodan los estereotipos y por pura vanidad se había contemplado en la puta. Sin embargo, tras leer el libro, tras reconocer esa frigidez cifrada en la recurrencia de los condones, desea secretamente otra cosa. Elena desea que los ángeles le horaden el corazón con flechas de oro, que los demonios le descoyunten las piernas y los brazos mientras duerme.

Cuando las palomas lujuriosas del parque inician una danza de apareamiento, Elena se refugia en casa, cambia los canales de la televisión y empieza a medir los riesgos de coleccionar rosarios. Esa noche, reza por primera vez desde los tiempos de aquel curso lejano. Le reza a un cuerpo de éxtasis místico convertido en reliquia grotesca, a sus dedos esparcidos a lo largo y ancho del viejo continente por los beatos: ardiente Santa Teresa, santa patrona de las que navegamos sobre majestuosos icebergs de hielo con nuestra colección de vibradores, aceites para masajes y videos pornográficos; con nuestros hombres reales y nuestros hombres imaginarios, conformando pirámides gimnásticas que se sostienen por algunos segundos para luego desplomarse; protégenos de nosotras.

Ecos

Elena llama por teléfono a Carina. En Tampa la primavera es brillante. En Ohio la primavera es fría, con flores blancas que duran apenas unas semanas. Carina contesta y se sienta en la penumbra del comedor. Su vecino había tenido una sobredosis de heroína y la vista de la ventana quedó colapsada por dos camiones de bomberos que maniobraban de manera aparatosa en la estrecha calle de abajo. El escándalo de las sirenas se fundía con el llanto de la mujer del vecino, que llegaba hasta su pieza. Unas horas antes la había visto tambalearse por las escaleras al lado de su gigante rubio. La mueca aletargada en su rostro recordaba vagamente a la felicidad. Llevaba una vela aromática engastada en un candil pequeño. La piedra del encendedor se trabó y destrabó en el aire húmedo del pasillo, mientras los tatuajes del hombre parecían querer arrastrarse más allá de los límites impuestos por la camisa. Si antes no le gustaban los vecinos, ahora no quiere tenerlos cerca ni por un pienso. Le incomoda en extremo esa excelente disposición para la muerte que han empezado a demostrar.

Elena, al otro lado.

—Marica… hola.

Carina puede imaginarla recostada de las paredes azules de aquel apartamento lejano. Cuando intenta ponerle imagen a la voz de Elena, siempre termina por reírse y…

—Hola…

—Nada… que el techo se está desgastando en las esquinas, la pintura se empezó a poner verde.

—Llama al casero.

—Nah… Siempre dice que voy a jugar a la doctora cuando me gradúe.

—Asco.

—Asco.

Sostienen un silencio vacilante…

—Le di mi teléfono a un hombre en la calle… —Elena dice casi gritando, parece haber esperado por horas para finalmente decirlo—. ¿Crees que puede conseguir mi casa?

—¿Cómo era el hombre?

—Normal. Estaba caminando y me saludó. Yo lo saludé. Claro que por cortesía.

—Es lindo saludar, a mí me gusta… cuando la gente saluda en la calle —contesta Carina un poco melancólica.

Elena piensa en las manos de su amiga, las visualiza como ojales en los cuales se ensartan hilos de sobres cerrados. Carina siempre olvida recoger su correspondencia. La vez que la fue a visitar la encontró atravesada por el blanco y el amarillo de esos papeles que no pertenecían a su mundo. Se amontonaban en su buzón, crecían como hierbas malas alrededor de su vida. Nunca había podido acostumbrarse. Elena explica:

—Pero el problema fue que se puso a hablar de un montón de cosas.

—¿De qué?

—Me preguntó si vivía en el barrio. Tenía cara de buena persona, pero capaz y era un violador. Yo le pregunté lo mismo, si él también vivía en el barrio. Pero, así como que simplemente estaba haciendo tiempo, intentando descubrir por qué me hablaba.

—Eso es lo regular en algunos barrios. O, ¿crees que es más normal salir corriendo? Bueno… lo único difícil es diferenciar si se trata de un vecino conversador, un hombre necesitado de compañía, un seductor de callejón, un violador, un asesino en serie, un zombi o un chulo.

—Coño. Me dio la paranoia latinoamericana. No sabía qué hacer. Tampoco quería cortarlo muy feo. Capaz y el tipo solo era muy chévere. Cuando se dio cuenta de que no era de aquí, me preguntó que de dónde era y yo le dije que de Venezuela y tal, y entonces me preguntó por los disturbios. Parece que se puso muy popular el hashtag ese de SOS Venezuela. ¿Sabes?, ese que las televisoras oficialistas dicen que la oposición creó basándose en la esvástica nazi... Un delirio... luego me preguntó si mi familia estaba allá, si estaban bien.

—*Cute.* ¿No piensas?

—Le respondí que sí. Normal. Luego vino y me empezó a preguntar que qué estaba haciendo yo en Tampa. Hasta ahí todavía normal. Es una pregunta que siempre me hacen. Y le contesté que nada, que estaba estudiando en la universidad. Le pregunté si vivía en el barrio para ver qué me decía. Y me dijo que no, que venía de su trabajo, que trabajaba en el centro como vendedor de una compañía. Y ahí como que sospeché.

—¿Qué?

—Que era un mentiroso.

—Bueno... Pero ¿cómo fue que le diste el número entonces?

—No estaba vestido como vendedor. Y esto fue medio cómico... pero me preguntó si tenía amigos, pero con una cara toda intensa que no te puedes ni imaginar. La cara se le puso tiesa, tiesa como un falo, marica. Si necesitaba amigos. Quería tener sexo... Obvio.

—Obvio... ¿Y tú querías... o qué?

—No. No me gustaba.

—¿Y por qué coño le diste el *fucking* número?

—Yo le dije que tenía muchos amigos.

—Una respuesta negativa, elíptica, pero aún general. Pero no entiendo cómo fue lo del número.

—Es que el número me lo pidió después. Casi cuando no me lo esperaba. Cuando me pidió el número, marica... dudé mucho y hasta pensé en dárselo todo mal. Pero no pude a último minuto, la cagué demasiado cuando intenté inventar uno y terminé dándole el real. Cuando me di cuenta de la metida de pata, solo quería borrarme. Despedirme como fuera. *Whatever.* El tipo todavía me pregunta que a dónde voy, que si voy a comer. Señalé hacia la calle central de Bloomfield. *Over there.*

—Hacia la nada… —Pausadamente, para que los sonidos formen una cascada aprobatoria.

—Coño. Una dirección muy nula para que no pudiera seguirme.

—No le pares, chama. No creo que pueda conseguirte.

—Ya me llamó…

—¿Cómo?

—Me llamó el mismo día… y me preguntó qué iba a hacer en la tarde. Yo le dije que nada, que tenía que estudiar mucho, que tenía millones de exámenes y que no podía salir durante el resto del semestre. Que no podía salir nunca hasta que se acabara el semestre.

A Carina le sobreviene un ataque de risa y no puede hablar. Elena se desespera.

—¿Qué?

Elena llama por teléfono a Carina.

—Hola, chama… ¿Qué más?

—Chama… hola.

—Estoy enamorada —dice, y por el ruido Carina imagina a Elena sentada en un café rodeada de *pancakes* y *maple syrup*. En camiseta y cholas *frogs*.

—Ay, no...

—No… esta vez es en serio… te lo juro.

—Es el *drive*.

—No es el *drive*.

—Sí es.

—No.

—Siempre es el *drive*.

—¿Te hace caso?

—¿Quién?

—El tipo… del que estás enamorada.

—Hemos salido varias veces. Pero ayer no me llamó.

—Carina imagina a Elena con una cola de caballo desarreglada. Sentada frente a una taza de café aguado, con el pulso temblando, blanca como una vampiresa. Una Pola Negri esperando una nueva dosis de amor.

—Ya...

—No es el *drive*. Claro, siento la necesidad de estar cerca. La necesidad horrenda. ¿Crees que esta vez funcione?

—¿Cómo es?

—Alto. Tiene el pelo negro cortado cortito. *So sweet.* Fuimos a caminar a un bosque… muy bonito. Vimos muchos árboles. Cedros. Pinos. Toda clase de árboles. Me regaló un caracol que trajo de la playa de casa de su mamá. Un caracol, chama. Su mamá no vive aquí. Pero él siempre va. Tiene una biblioteca grandísima, con un montón de libros de poesía. El otro día me leyó un poema de Robert Frost.

—Creo que no me gusta Robert Frost. ¿Ese es el tipo de los libros de Navidad que venden en Barnes & Noble?

—No sé.

Elena llama por teléfono a Carina.

—¿Qué has hecho?

—Nada… estar en la casa, fastidiada, ¿y tú?

—Estaba leyendo la revista *Granta*. El número sobre Japón. Se me han ocurrido algunas cosas leyéndolo. Deberías buscarlo. Todos son frígidos en esos cuentos. No pensé que el problema fuera tan grave.

—¿De qué revista hablas?

—*Granta*. Es una revista literaria. Con historias sobre Japón. La primera historia es sobre un matrimonio sin sexo. Personas que conviven maravillosamente como una familia, pero que jamás han dormido juntos. Es rarísima la escena en la que intentan concebir un bebé naturalmente, pero sin tener sexo, porque en fin ese es el trato del matrimonio, ¿no?

Y entonces las enfermeras dirigen toda la escena de la penetración usando guantes de hule.

Un ruido de desaprobación al otro lado:

—¿Enfermeras con guantes de hule?

Los auriculares se sacuden, con los estómagos desatornillados de risa.

—No llamaste a la Pati por su cumpleaños.

—En Japón no tienen citas. Todos se están quedando frígidos —dice Elena, como remarcando toda su existencia a través de esa frase.

—Es grave. —Le sigue la corriente Carina desde su sofá—. Es gravísimo. Puede ser una epidemia. La eutanasia global del deseo, ¿te imaginas?

—Es esa mala vibra… como un karma global. Yo lo estaba viendo venir. En Netflix tienen un documental sobre gente asexual. Gente que reivindica su condición de no estar interesada en el sexo, como si eso pudiera ser una categoría, una identidad o no sé qué. Es la institucionalización de la frigidez. Yo lo estaba viendo… yo lo estaba viendo que venía, como cuando solo puedes encontrar calabaza cortada en el mercado y sabes que toda la calabaza está saliendo mala.

—Eso no funciona así, no seas tonta, la cortan porque a nadie le gusta cortarla—estalla Carina.

—La gente cree eso, pero no… tienes que fijarte en el color de la carne.

—¿Cuál carne?

—La carne de la calabaza… La pérdida del deseo será la causa de la tercera guerra mundial. No el agua. No sé quién inventó ese asunto del agua. La pérdida del deseo es un cubo de carne amarillenta, una montaña de cubos de carne amarillenta. Todos los cubos están envasados en contenedores plásticos. Como en una cámara lúcida de lo orgánico, la calabaza es una proyección. Cuando puedes tocar la calabaza es diferente. Eso es algo, algo importante. Tocar la pérdida es tocar ese pedacito de carne a la intemperie, menguando en lo abierto de un refrigerador. No sé si me entiendes.

—El agua es más importante. Hay muchas películas sobre eso.

Guayabo negro sobre venado rojo

Esa tarde estaba aburrida en casa y el intercomunicador sonaba y sonaba.

Era Phil.

Tenía los ojos clavados en el portón. Presionaba los botones como si estuviera intentando arrancarles una sonata de Schubert, no se daba cuenta de que ese condenado cacharro pertenecía a tiempos anteriores al compositor alemán. Estaba prácticamente calvo. Sus entradas parecían pequeñas autopistas de piel lisa y brillante que conectaban el fin de su frente con el inicio de su nuca. Los hombros se le desplomaban sobre el pecho con el vértigo de las montañas rusas. La misma cara de chuleta destrozada a dentelladas por cuatro perros en sangriento combate. Y, sin embargo, esa expresión de chico miserable imaginada hace siglos por Dickens. Desnudistas de clubes nocturnos y sandwiches de pollo comprados en cadenas cristianas de *fast food* relumbraban en su frente, piezas de un desportillado carrusel de esperanzas cotidianas.

Era el mismo carrusel que giraba en el centro de mis tardes enteras de no hacer nada. Y esas tardes, que pronto se amontonaban en semanas, componiendo un mustio relicario de meses invertidos en perseguir sombras en las paredes o el recuerdo de una imagen en las fisuras del tiempo, y todo esto como si el tiempo no se resquebrajara, como si las imágenes nunca pudieran deslucirse bajo ingentes capas de polvo. Las imágenes son las cucarachas de nuestro holocausto personal. Solo ellas pueden sobrevivir a todas nuestras pequeñas muertes.

Me tomó un buen rato deliberar si debía dejarlo entrar o no. Mientras tanto, Phil, recostado del portón, se revisaba los bolsillos, tomaba sorbos de coca cola, se rascaba la panza. Esa mañana, las rayas blancas del cruce peatonal eran los huesos del aire. Huesos rotos en nuestra respiración. El día anterior Phil también había venido, pero yo me había hecho la que no estaba. Esperó cuarenta minutos sentado frente al edificio y después se fue.

Decidí esconder las botellas de alcohol que se encontraran a la vista, una precaución ideada por Boris que repetía de manera mecánica, como tantas otras. Phil me saludó con un abrazo de oso revienta vértebras. Boris no estaba. No volvería a estar nunca, pero no quería pasar por el trance de tener que explicárselo. Los amigos de nuestras exparejas suelen convertirse de manera automática en nuestros examigos. La soledad se multiplica: la partícula *ex* es un decreto insoslayable del lenguaje que nos contiene: apenas somos cerebros flotando en frascos de vidrio en el laboratorio del lenguaje: cerebros que tiemblan como gelatina rosada. Antes de que Phil me preguntara, respondí:

—Boris está en Indonesia… —y lo dije asombrada porque mi voz no se fracturó, ni quedó hecha polvo, flotando en la sala, alrededor de los dos—, asuntos de trabajo, lo contrataron para investigar sobre danzas balinesas.

—¿Danzas balinesas? Magnífico, ¿le están pagando por mirar mujeres bellas? ¡Qué hijo de puta con suerte! —chilló en su inglés con marcado acento sureño.

—A veces participan mujeres, pero no todo el tiempo. Su objeto de estudio central es la danza de Barong y Kris —expliqué mientras buscaba entre las páginas de uno de mis libros la carta de Bali Indonesia Limited Tours, en donde, con una tipografía de antigua Olivetti salpicada por terribles errores ortográficos, se describían los siete actos que componen la danza.

Le entregué el papel con un gesto nervioso, como si me estuviera quemando las manos. Phil lo leyó mostrando un exagerado interés. Puso tanta energía en ello que el aspecto amarillo y arrugado del papel no levantó la más mínima de sus sospechas. Nunca fue un tipo demasiado sagaz. El Barong, criatura mitológica que representa el espíritu del bien, se enfrenta a Rangda, monstruo mitológico que representa el espíritu del mal. El Barong, en teoría, es un híbrido de perro lanudo y león, aunque en los videos colgados en YouTube parece, más bien, un bisonte copiado de las cuevas de Altamira travestido con una máscara importada del carnaval de Goa; y Rangda, que es una bruja, luce como una versión hindú del Tío Cosa, el de *La familia Addams*. Lleva puesta una peluca que, calculo, debe pesar más de quince kilos. Después de algunas fintas y piruetas, el espectador nota que el bien encarnado por el Barong no logra trascender o, mejor dicho, fracasa estrepitosamente. Este hecho, analizado en profundidad, indica que, a pesar de los disfraces y la parafernalia, la ilusión realista no se fractura. No hay ganador ni perdedor. Un puñado de hombrecitos insignificantes son asesinados, como suele ocurrir en toda guerra que se respete. La carta de Bali Indonesia Limited Tours intenta explotar el potencial turístico y no cuenta la historia de esta manera.

Probablemente, debido a eso, Phil se deshacía en sonrisas tras el papel marchito.

—Interesante, muy interesante —dijo.

—¿Quieres café, té, jugo de naranja? —pregunté como una mesera experimentada, y él solo pudo ver mi espalda perdiéndose en las profundidades del refrigerador. Intentaba huir de la interpretación de la danza balinesa en clave filosófica que Phil se traía entre manos. Phil es uno de los más grandes charlatanes que he conocido. Tiene madera de político, puede hablar largo y tendido, durante horas, sobre temas que desconoce absolutamente. Siente fascinación por los sermones aleccionadores, supongo que es el precio estilístico que debe pagar por haberse pasado más de la mitad de su vida rebotando de centro de rehabilitación en centro de rehabilitación.

De hecho, Boris lo conoció en una reunión de

Alcohólicos Anónimos. A las pocas semanas, andaban de bar en bar juntos, colgadísimos de las nubes del maravilloso cielo de Atlanta. Eso fue hace más de quince años. Sin duda, el inicio perfecto de una hermosa y duradera amistad. Había escuchado la historia casi una docena de veces. Sus hazañas no pueden resultar menos que épicas. Cuando Boris decidió abandonar Atlanta con la intención de instalarse en New York, Phil experimentó su primera temporada interno. Estaba inyectándose heroína, una eventualidad que Boris ni siquiera notó.

Phil era excesivo, desmesurado. Me recordaba a esas ardillas descerebradas que se lanzan contra los carros al intentar cruzar la autopista. Podía escuchar su corazón de ardilla suicida latiendo bajo esa gruesa chaqueta. Un derrape de neumáticos multiplicado por mil. Su corazón se afirmaba en la muerte y la vida latía en su pecho como un susurro de esa pulsión. Las rayas blancas del cruce peatonal eran los huesos de todas las ardillas suicidas muertas. Huesos rotos en nuestra respiración. Esa tarde pensé que, si Boris hubiera sido un animal, se hubiera manifestado, sin duda, como una rana venenosa, como un miserable lagarto. Cerré los ojos y añoré el color verde de su piel estriada, mientras esperaba que el agua de la tetera hirviera.

Coloqué la taza preferida de Boris sobre la bandeja a modo de venganza transitoria. La taza en ese momento compartida representaba el inicio del fin de la monopolización de la vajilla, que durante el reinado de Boris imperó en el apartamento. Se me ocurrió en ese momento que Boris era el tipo de conductor que atropella a las ardillas suicidas. Reflexioné: Phil era apenas una más de las víctimas de ese lagarto empantanado, una momia recubierta en vendas blancas recostada en mi sofá.

Un collarín invisible sujetaba su figura fragmentada, a punto de disolverse en la realidad iluminada de la sala. Por eso le serví té verde de jazmín, le ofrecí galletas. Por unos momentos lo imaginé como mi doble, sus breves mechones de cabello rojo se tornaron abundantes y negros, su sombra adelgazó en la pared. Su sombra empezó a tragarse las sombras de las galletas, la sombra de la taza de té. Éramos sombras devorando sombras. Nada más que eso. Pero Phil no se daba cuenta y no paraba de hablar. Estaba en Lawrence porque la abuela de un tal Pierre había muerto a causa del «síndrome del corazón roto» al darse cuenta de que tenía entre sus manos el boleto ganador del premio gordo de la lotería. La emoción fue rotunda, concluyente. Fracturó su vida en trizas de muerte. La pobre había desperdiciado sus últimos segundos reclinada sobre el televisor con la ropa embarrada de sopa de verduras. La vívida descripción de la escena me hizo sentir un poco mareada. Phil, no obstante, sonreía. Pierre estaba interno en el centro de rehabilitación donde él trabajaba y, en vista de que resultaba casi imposible para un adicto mantenerse limpio siendo el heredero de tan inesperada fortuna, había tenido que acompañarlo a escuchar unas conferencias sobre autocontrol.

Intenté una sonrisa y aprobé con un acordeón de monosílabos que estimularon en mi interlocutor algunas lacónicas disquisiciones sobre la vida y la muerte hasta que, por fortuna, agotó el tema. Imposible evitar, sin embargo, que pocos minutos después se encontrara iniciando otro sórdido recorrido. Habló durante media hora sobre sectas religiosas. Mis ojos se desplazaban lentamente, como tortugas, sobre los relieves de su cara. En algún momento admitió estar preocupado porque algunos centros de rehabilitación reproducían el funcionamiento interno de las sectas. Había caído en las garras de uno de esos centros hacía muchos años, pero se fue de allí porque no le permitían poner a todo volumen la música que le gustaba.

—La música me salvó —dijo a manera de chiste, pero ni él ni yo reímos. Nos quedamos en silencio.

Escucharlo me ponía melancólica. Tenerlo en la sala del apartamento era como hacerle trampa al pasado. Existían altas probabilidades de que ese fuera nuestro último encuentro. Boris había sido el componente principal de nuestra ecuación. Solo a través de Boris, Phil podía ser mi doble. Espejo quebrado en el cual podía observar mi reflejo. Lo escuché y me dieron ganas de explicarle por qué debía largarse de ese mundito de los centros de rehabilitación. Quise hablarle del eterno retorno, de la naturaleza cíclica de la enfermedad que lo derribaba, de las recaídas que lo arrastraban del lugar del consejero al del paciente. Y, en ese momento, juro que pude contemplar los problemas de Phil de una forma nítida, y era como si todos sus problemas estuvieran brillando y brillando, acomodados en los cochecitos de una rueda de la fortuna tridimensional que sobresalía de su frente. Pero la tarde presionaba mi voz con su borde oscuro y, al final, las palabras se quedaron atascadas en mi garganta. Ni la maniobra de Heimlich hubiese podido sacarlas de donde estaban.

Entonces Phil se puso de pie, se disculpó (yo contemplaba la rueda de la fortuna tridimensional girando y girando en el centro de su frente color de papa). Habló de su regreso a Louisiana, pautado para el día siguiente. Lo acompañé hasta la puerta. Se despidió con otro abrazo de oso. Pero esta vez trituraba otra clase de vértebras. Dejé que su espalda se perdiera por las escaleras mientras pensaba que no me perdonaría nunca por no haberle explicado lo que *había visto*. Los consejos que no pronunciamos se quedan enterrados en nosotros y pesan como ataúdes.

Intenté sentirme menos culpable pensando que era un asunto que estaba fuera de mis manos. Los amigos de las exparejas son examigos. La frustración se acumuló en mis hombros. Me concentré en lavar los platos. El agua caliente, las burbujas del jabón, el movimiento circular de mis manos, de una extraña manera me hicieron sentir reconfortada. Recuerdo haber deseado, en un acceso de franca locura, que toda la vajilla estuviera sucia.

Me pasaba las tardes refugiada en mi habitación. Me lanzaba en la cama imitando un clavado mortal. Pero era como si la piscina estuviera seca y me quebrara el cráneo y la espalda. Me dolía el cuerpo todo el tiempo. Repasaba con la mirada los lomos de los libros apilados en las repisas. El espacio siempre resultaba pletórico, mareado de chucherías insignificantes. Lámparas portátiles de diversos tamaños; un jarrón colmado de pétalos de flores secas; cremas para las manos; perfumes y productos de maquillaje apilados sobre la peinadora. El espacio era aporreado de forma esencial por la inutilidad de mis cosas, extensiones inanimadas de mi propia inutilidad. Así es como mis pinturas de labios parecían discretos cadáveres diseminados por la mesa de noche. El termo de bambú para el agua y la linterna-navaja-destornillador que me regalaron en Navidad y que jamás había usado, eran coto cerrado del sin sentido. Toda la inutilidad del mundo se hundía como un tótem de tela en mis ojos y daba lugar a una versión mutante de una rara especie de sagrado espantapájaros para colgar sobre los vórtices de basura alojados en el océano Pacífico. A una de esas gigantescas zanjas de desechos, ubicada en algún lugar entre Hawai y Japón, irían a parar, sin duda, todas esas cosas inútiles que me rodeaban. Tanto los zapatos caros como los zapatos baratos terminarían ahogados en las costas de Hawai. Toda la inutilidad del mundo irradiaba de mi apartamento y sentía que debía notarse en el cielo de Lawrence del mismo modo en que la batiseñal de Batman se notaba en el cielo de Ciudad Gótica. Nada más sencillo que sentirte miserable en tu propia habitación.

Fernando me alzó en vilo y me dejó caer por la ventana. Era un primer piso, así que nada más me fracturé un brazo. Docenas de chichones afloraron en las partes más inverosímiles. Parecía un juguete desinflado, olvidado en el jardín de la planta baja. Desperté dos horas más tarde y caminé hasta la parada del autobús. Constaté que era la pasajera más despeinada. La que tenía la ropa más sucia.

Julián me confesó que no era simplemente un ser humano, sino una fusión entre ser humano y arácnido. Sus genes de arácnido provenían de una especie brincadora, una especie que no necesitaba tejer telarañas. Eran hábiles cazadoras. Como si no fuera suficiente, me confesó que había encontrado pruebas irrefutables de nuestro parentesco. Éramos medio hermanos. Afirmaba haber descubierto que mi padre había vendido su esperma al laboratorio que lo había diseñado genéticamente. Por todos estos motivos, era absolutamente necesario terminar la relación.

Boris se convirtió en una estatua inerte. El silencio era una cáscara adherida a nuestra piel, una cáscara expansiva que medraba sobre las paredes de la casa y amenazaba con invadir la calle ciega que nos conectaba con el resto del universo. Los rasgos de su cara fueron desapareciendo detrás del polvo y el moho; era la culminación de un proceso que se había iniciado hacía varios meses. Aún distinguía la comisura derecha de sus labios, su ceja izquierda, la punta de su nariz. Cuando se presentaban visitas, me veía en la obligación de cargarlo en brazos para sacarlo de la sala. Las personas, por lo general, se sentían intimidadas ante su presencia tan ausente. Boris se había convertido en un pedazo informe de materia orgánica, un bulto verdoso y húmedo enraizado en el sofá.

Todo comenzó en la primaria. Mis padres, católicos relajados, me asignaron desde muy pequeña la tarea de practicar por ellos. Me inscribieron en un colegio católico que contaba entre sus educadores con una monja que impartía clases de religión a todos los cursos. La monja era francesa. Su voz vibraba al reconstruir pasajes imprecisos de la Biblia. Arrebujada en mi destartalado pupitre de madera, me dejaba impresionar profundamente por esos personajes que sorteaban los desiertos de las sagradas escrituras.

Me sentía particularmente aterrorizada cuando aquella venerable anciana nos decía que Dios podía leer nuestros pensamientos.

Como estaba convencida de que pensaba las cosas más horribles que una niña de siete años es capaz de pensar, Dios vino a convertirse muy pronto en un huésped incómodo de mi realidad. Un enemigo imaginario con el cual intentaba pactar treguas imposibles. Así fue como el anhelo de abolir el mal se infiltró en mi concepción del mundo. Ante el ultraje y el agravio, ponía cara de idiota.

Las cosas de Boris estaban esparcidas por las distintas habitaciones de la casa, destilando aquella inutilidad que tanto me exasperaba. Quizás porque esas cosas formaban parte del cuerpo distante de Boris, porque eran una extensión de aquel cuerpo dilatado que colmaba cada centímetro de la atmósfera (por esos días solo existía el cuerpo de Boris, extendido como una sábana blanca). Al desconocer su paradero, resultaba imposible calcular las distancias reales y se potenciaba el asedio que imaginaba programado en mi contra.

Me miré en el espejo antes de salir.

Los labios partidos, la piel de los pómulos reseca.

Me apliqué crema regeneradora en las bolsas que se suelen formar alrededor de mis ojos. Mi cara en las fotografías me gusta más que mi cara en el espejo. En las fotografías, mis rasgos parecen más sólidos, siento que no pueden traicionarme, es casi como si pudiera ser la misma siempre. Caminé por la calle principal arrastrando los pies, el calor de julio derretía las vidrieras de las tiendas a mi alrededor, la humedad empañaba mis lentes. El verano de Kansas es el infierno en la tierra. Compré bolsas negras de basura y recopilé cajas de cartón en la tienda de comida orgánica. Empaqué la biblioteca de Boris. Empaqué cada uno de sus discos. Empaqué toda su ropa. Cuando hube terminado, medité bastante acerca de la posibilidad de quemarlos. Estaba casi convencida, pero sospeché que resultaba demasiado engorroso encender una hoguera. Los bomberos podían aparecer en cualquier momento. Al final, decidí rematar todo en tiendas de segunda mano. Me pasé varios días manejando de un extremo a otro de la ciudad y en menos de una semana estaba repartiendo entre los indigentes locales los últimos cachivaches que nadie había querido comprar. Lo único malo fue que estuve a punto de estrellarme contra un camión de carga cuando intentaba estacionar a un lado de la isla de concreto, donde un grupo de menesterosos resplandecía en sus chalecos fluorescentes mientras alzaban carteles de cartón con peticiones de apoyo monetario.

No sé si se trata de una moda o si es que el gobierno les asigna esos chalecos para tenerlos identificados o, bien, si es que ellos mismos los compran para evitar el riesgo de ser atropellados mientras piden en la autopista o, incluso, si es que el gobierno se los regala previendo esa eventualidad. Lo cierto es que todos los indigentes de la zona usan los mismos chalecos fabricados en serie. Supongo que esta clase de detalles son los que diferencian al primer mundo del tercer mundo: aquí hasta los indigentes están debidamente señalizados. Cuentan con una logística propia, con sus respectivas ceremonias de iniciación. Cuando obtienen el chaleco fluorescente, se encuentran de pronto caminando sobre la cuerda floja, la vida del trapecista del hambre se abre a la vacuidad de la autopista: un lugar de paso al que permanece clavado como una astilla.

Soy una conductora bastante mediocre e intenté estacionar el carro lo más que pude hacia el brocal de la isla, pero de todos modos quedó mal ubicado. Había conseguido esquivar al camión de carga por cuestión de milímetros y aún no estaba del todo a salvo. Otro carro podía golpearme en cualquier momento. Me pregunté qué sentido podía tener para aquellos vagabundos el elegir una base de operaciones tan rebuscada. Nadie caminaba por esos predios porque no había aceras para peatones. Estacionar resultaba tan práctico como antojarse de hacerlo en las vías del ferrocarril. No hay paisaje que me haga sentir más extranjera que una autopista de Kansas. Es un paisaje desalmado que bordea los asentamientos humanos y en el que, paradójicamente, no encuentras nada humano. Es una tierra baldía de motores que aceleran y patrullas policiales que aguardan tras los matorrales.

Los indigentes de Caracas se reparten por las aceras más transitadas. Duermen en colchones roñosos, flotan sobre un tremedal de basura en las avenidas principales de la ciudad. Se ven bastante más sucios que estos, más golpeados por sus travesías. No sé en cuál ciudad preferiría vivir si fuera indigente. Supongo que en Lawrence. Los *homeless* locales están en mejor forma, pero los de Caracas al menos pueden exponerse como heridas abiertas en el paisaje de la ciudad. Brotan del asfalto podrido en la esquina más inesperada y nos golpean con sus miserias. En cada tramo del centro nos recuerdan su existencia, nos agravian con su mugre, se refunden con nuestros temores más intensos. Como resulta imposible olvidarlos, quizás algún día hagamos algo por ellos. Quisiera consolarme pensando de este modo.

Procuré retroceder para enderezarme, pero en ese momento las personas amontonadas en la isla alcanzaron el carro y desistí de continuar con las maniobras. Conté diez miradas expectantes, diez carteles temblando en la línea del horizonte. Un muchacho de piel muy oscura, con el cabello teñido de rojo al estilo de Ronald McDonald, se asomó por la ventana y me pidió dinero para pagar un hotel. Estaba vestido con ropa de mujer. Pensé que probablemente la ropa de Boris no le gustaría. Me saqué cinco dólares del bolsillo y se los entregué. Una cincuentona rubia y demacrada golpeaba con los nudillos el parabrisas para llamar mi atención. Le entregué sin muchas explicaciones la caja al muchacho vestido de mujer. Le dije que eso era todo lo que podía darle e hice el amago de acelerar. Me puse nerviosa al pensar que iba a terminar atropellando a alguien y me encontré con que la mujer estaba asomada por la ventana que hacía pocos segundos el muchacho había abandonado. Hablaba y gesticulaba como si se le hubiesen acabado las palabras y estuviera en el proceso de reinventar todas las entradas del diccionario Oxford. Proyecté explicarle que no tenía más dinero, pero temí que no se moviera de la ventana. Le entregué un billete arrugado que saqué del fondo de mi cartera y pisé el acelerador. Mientras me alejaba, contemplé en el retrovisor la figura oscura del muchacho, arrodillada en el suelo hurgando en la caja. Un adolescente de cabello rubio y largo se probaba una corbata de Boris.

Conduje hasta mi café preferido, el Mad Hatter. Me tomó el pedido la flaca de los tatuajes, la que canta en una banda de *rock* alternativo que toca en el Pinhook, la nave de los locos de Lawrence. Una noche tuve la oportunidad de verla en acción, saltaba sobre la tarima esgrimiendo una salchicha a manera de espada mientras gritaba al micrófono que su mamá era vegetariana. Tenía un trapo amarrado en la cabeza y unos bigotes dibujados con creyón oscuro. Parecía un pirata. Ordené un té chai Bombay. Ella me regaló una sonrisa de azafata y mis labios replicaron esa mueca fraudulenta. Tropecé con una silla. Se me derramó el té sobre la blusa. Estaba completamente abstraída pensando que quería invertir el dinero de la venta de las cosas de Boris en algo que pudiera herirlo en lo más hondo de su insensibilidad. Pero era como intentar sumir en la angustia a un pepino. Un pepino con ojos dibujados con marcador de punta gruesa.

Le dicen «guayabo» porque es quedar reducido a un tronco esencial de carne blanda.
Al rojo vivo.

Querida Yaya:
Sé que llegaré a un punto de no retorno. Mi cabeza explotará como un globo y, tras un crujido seco, mis pensamientos quedarán esparcidos alrededor de la cama. Sobre el piso de madera quedarán desparramados los ojos de Boris, que no me abandonan, y un mapa mental de las distancias, los callejones, que separan los distintos bares irlandeses de Lawrence. Acéfala y apenas guiada por la memoria de mi cuerpo castigado por el insomnio, me levantaré de la cama, me calzaré los zapatos por primera vez desde hace tres días, saldré del apartamento y le tocaré la puerta a los mexicanos. La mujer abrirá y me mirará desconcertada. Examinará mi cuerpo rematado en un par de hombros solitarios, mi bata de baño oscura sujeta con una cinta de tela verde que no hace juego. Sonreirá mostrando todos los dientes bien apretados, como las cuentas de un collar.

Lo inesperado de mi arremetida no le permitirá reaccionar a tiempo, la empujaré con ambas manos y penetraré en el interior del 3-B. No muy lejos de la entrada observaré al pajarraco picoteando madera en una esquina. En menos de dos segundos lo habré liquidado. Le torceré el cuello de una manera limpia, definitiva. La mujer se incorporará y empezará a chillar como si le hubiese torcido el cuello a su marido. Me quedaré frente a ella, con el aire ausente que caracteriza a los descabezados, sosteniendo la respiración quebrada del gallo entre mis manos manchadas de sangre. Es probable que la sangre me deje un poco catatónica y entonces termine por perdonarle la vida al teclado Yamaha y al perro chihuahua. Regresaré a casa tambaleándome, borracha de felicidad. Me meteré en la bañera llena de agua caliente y respiraré el dulce aroma del jabón de lavanda durante horas, rodeada de esponjas y cepillos para la espalda.

Esta es mi fantasía de las últimas horas. Solo alcanzo a albergar planes siniestros debido a esta migraña que apuntala las más oscuras energías del planeta alrededor de mi frente. El maldito gallo canta a todas horas y, cuando finalmente se calla, el chihuahua, perturbado, lo releva. Yo, que había pensado que no podía existir nada más molesto que unos vecinos obsesionados con escuchar rancheras a todo volumen, terminé descubriendo que me equivocaba y que, ciertamente, sí podía existir algo peor, como lo es esto de que tus vecinos obsesionados con las rancheras se compren una guitarra eléctrica y un teclado, y empiecen a montarse unas orgías infernales, activando las pistas pregrabadas y dándoles de puñetazos a las teclas, mientras gritan a voz en cuello el coro de *La bamba*. Marco de nuevo el número de Control Animal de la ciudad Lawrence; nadie contesta. Marco de nuevo el número de la estación de policía; suena ocupado. Marco de nuevo el número del casero; cae la contestadora.

Tener un gallo en un apartamento ubicado en la calle principal del centro de esta maldita ciudad debería ser ilegal. Es lo que pienso. Hace dos semanas ya que he estado intentando venderle este argumento a la policía. Conservo la esperanza de que en algún momento se fastidien de mis llamadas y vengan a confiscarles el pajarraco. He pedido que lo entreguen a un asilo porque me consta que es un animal que ha vivido bajo circunstancias de abuso físico y psicológico. Lo tienen amarrado de una pata a la puerta de la nevera. No puede ejercitar sus músculos ni moverse libremente. A veces lo bajan al patio trasero, pero cuando eso ocurre la cosa no cambia mucho porque van y lo amarran de un árbol. El maldito gallo parece un prisionero de guerra.

Además, está lo de la mierda del chihuahua, pero creo que no puedo quejarme de eso con la policía. Siempre que estaciono el carro en el patio, tengo la mala suerte de pisarla y los zapatos se me ponen asquerosos. Ahora que Boris no está será doblemente difícil arrastrar esta pesada carga. Debo resignarme. Boris no limpiará más la mierda de mis zapatos ni se instalará frente al lavamanos a restregarlos con la esponja que compramos especialmente para esta clase de contingencias. La próxima vez que ocurra no habrá mediadores entre nosotras. Estaré frente a frente con la mierda, a solas con la mierda, como si la mierda y yo fuéramos lo único que quedara en pie sobre este mundo.

Hace varias semanas que el cielo también tiene la cabeza rota. Es imposible no caer en el drama de las proyecciones. Las fronteras entre lo interior y lo exterior se han desintegrado. Desde que Boris se fue, me he pasado la mayor parte del tiempo acostada en mi cama con la mirada perdida en esa abertura sanguinolenta. De la cabeza del cielo gotean avenidas enteras. Edificios, árboles, automóviles, personitas minúsculas, del tamaño de un dedo meñique, paseando al perro o leyendo el periódico. Boris, meñique horroroso, abraza su computadora mientras cae *ad infinitum*. De la cabeza del cielo gotean nombres y supongo que eso es lo que realmente me pone contra las cuerdas. Nombres de calles, nombres de escritores, nombres de restaurantes, nombres de salas de cine. Lugares en los que estuvimos, libros en los que estuvimos. Los nombres desbordan la línea del horizonte hasta quedar prendidos como imperdibles en la carne del cielo. Es demasiado. Los ojos de Boris que no me abandonan, los nombres que se desbarrancan, las avenidas que se desploman. El gallo, el chihuahua y el teclado Yamaha, que no pueden permanecer en silencio ni por un segundo. Ruido. Puro ruido y muchas ganas de echarme a llorar como una idiota.

Yaya, hace mucho tiempo que no nos sentamos a hablar largo y tendido. Probablemente, estás sorprendida por estar recibiendo este mail de venas rasgadas, frágil cuerpecito de palabras que sangran. O, quizás, no estás nada sorprendida porque las amigas tristes te sobran y es absolutamente normal para ti esto de que convivan como cerillas en el cajón virtual de la bandeja de entrada de tu correo electrónico. A fin de cuentas, siempre fuiste más popular, siempre resaltaste por tu marcado don de gentes. No resulta disparatado pensar que un tropel de mujeres insatisfechas pueda pasársela machacando tu bandeja de entrada a punta de frases lacrimógenas. La inestabilidad emocional nos fija como sombras en las paredes. Nos dedicamos a parodiar la vida con los dedos. Es terrible, pero no lo más terrible. Lo más terrible sería no tener dedos, de modo que resultara imposible escribir o configurar conejitos absurdos para los que nos observan.

Ciertamente, no puedo ni tan siquiera imaginar lo que esa circunstancia significa para ti. Somos tan diferentes. Desde mi más temprana infancia demostré ser una verdadera mediocre para el asunto de los amigos. Nada de qué enorgullecerse, no fue parte de un programa autoimpuesto, simplemente me tocó. Ya te he contado que, cuando estudiaba en la escuela primaria, los niños escupían chicles en mis cabellos y me llamaban «enana dientes de lata» porque era la más baja del salón y usaba *brackets*. Aún doy gracias porque esas criaturas demoníacas se mostraron bastante deficientes en materia de creatividad y carecieron de la capacidad para inventar sobrenombres peores. No obstante, fue inevitable que mi áspera vida escolar deviniera en tesitura, esta agria cautela que rige mi intercambio con la gente. La tendencia a construir barricadas no me ha abandonado. Solo unos pocos kamikazes se han atrevido a cruzarlas. Tú has sido uno de ellos. Desde el principio notaste que mi corazón es denso y blanco como el yogurt; cuando intenta aparentar la fortaleza de un bosque de cedros, sus válvulas ceden y salpican mi pecho con un reguero de baba brillante (una predisposición harto fastidiosa, de modo que preferiría que mi corazón pudiera ser una manzana o una nube o un Camaro azul y no este reguero de baba brillante en mis camisas nuevas).

La escuela primaria fue una pesadilla. En esa época la ortodoncia no estaba de moda. Claro, el panorama en lo que a esto respecta ha cambiado radicalmente. Ahora las colegialas mueren por agenciarse ese aire de Robocop en falda plisada que me destruyó. Han llegado al punto de usar pega loca para ponerse los *brackets*, como quien se pone uñas postizas. Lo peor es que en el centro de Caracas hasta existen puestos ambulantes que ofrecen el servicio. *Brackets* con pega loca. Por favor. Es otra de esas realidades indigeribles. Cuando nosotras éramos adolescentes aspirábamos a fumar cigarrillos o a convertirnos en anoréxicas, pero esto de los *brackets* con pega loca es demasiado. Siento que no tengo las claves para descifrar la sensibilidad de los tiempos que corren. Apenas tengo veintiocho años y empiezo a intuir que mi cerebro está tan arrugado como una pasa. Pero digamos que esto es un problema secundario.

La verdad es que me estoy desviando demasiado. Estaba hablando de la amistad. Cuando la depresión me azota, mi cuerpo encalla en un archipiélago de reminiscencias. Ballena azul con la boca atiborrada de arena y el arpón de la noche clavado en el lomo. Ayer estaba enfrascada en martirizarme cuando sentí un chispazo en mi interior. Fue como una iluminación poética, solo que un poco más modesta; no sentí el fuego de una hoguera dentro de mí, ni siquiera la tenue pero definitiva llama de una vela, fue más bien como cuando intentas prender un yesquero que tiene la piedra gastada y entonces empiezan a saltar unas fugaces pelusitas de luz que no te sirven de nada, pero que con su presencia te hacen entender que el yesquero está jodido. Y fue una sensación muy literal porque, de pronto, pude apreciar el fenómeno en su crudo esplendor. Todo mi yo jodido de ballena estaba agonizante, tendido sobre una mesa de autopsias, configurando conejos de sombras en la pared con mi descomunal cuerpo de sombras. Chorreando sombras, escupiendo sombras.

Estaba inspirada, pero justo en ese momento noto que mi banco me ha mandado un correo para informarme que ha sido absorbido por una corporación monstruosa con tentáculos en los cinco continentes. Me ruegan me registre en la recién inaugurada página web para renovar mi nombre de usuario y contraseña, con la finalidad de poder continuar disfrutando del servicio de banca en línea. De modo que me escabullo de la mesa de autopsias, voy con mis vísceras expuestas de ballena enferma y cliqueo en el link que me han enviado. El procedimiento resulta inocuo, hasta el momento en que me sugieren elegir algunas preguntas de seguridad para mi cuenta y entre ¿cómo se llamaba tu primera mascota? y ¿en qué ciudad nació tu abuelo paterno? me encuentro con ¿cómo se llamaba tu mejor amigo en la universidad? y mi cerebro es sacudido por un viento helado. Entonces recuerdo tu cara, tus cabellos oscuros doblegados por el *frizz* y tus manos huesudas que emergen en ese mismo instante de la pantalla iluminada para prodigarme un par de cachetadas salvadoras. Fue milagroso. Recobré, de inmediato, mi forma humana. Sentí la necesidad imperiosa de escribirte. Eso es la amistad, supongo. Nuestra conexión espiritual resplandece en el fondo del abismo y nos eleva como nubes de formas estrafalarias, de la tierra al cielo. Hermosas coliflores blancas.

Ahora tengo que contarte lo que ha pasado con Boris. Estoy acostada en mi cama con la laptop sobre el estómago, el peso necesario para contener estas ganas horrendas de morder las paredes. Nunca pensé que el fracaso sería tan rotundo. Y ahora, cuando lo pasado ha pasado, no puedo evitar reprocharme: ¿a quién se le ocurre confiar en alguien que lleve ese nombre? Pues ni modo, ya las excusas no sirven de nada. Se me pasó por alto, no me informé debidamente. Boris. Según la mitología contemporánea de la industria de la edición de diccionarios de nombres, es de origen ruso y proviene de la palabra *baris*, que significa fuerte o violento (no te pongas paranoica, esta vez nadie me partió la cara). Digamos que esta fortaleza anunciada por su nombre, probablemente, influyó en su paulatina transformación en roca. Mutó en una estatua inerte, una nada a la que cada día se hacía más difícil amar.

Mi terapeuta lo atribuye a la rutina. Pero continúo sin comprender cómo es que un año y cinco meses pueden acarrear una fosilización tan potente de los sentimientos. Desde el mismo instante en que nos mudamos juntos, todo se fue a la mierda. No fue un proceso paulatino, a decir verdad, no hubo nada aquí de paulatino ni de proceso. Fue, más bien, como regresar de la fiesta de bodas, atravesar el pórtico de nuestro nidito de amor y distinguir una sombra agazapada tras el fregadero esperando la ocasión propicia para quebrarnos las rodillas con un bate, para hundirnos en una extraña invalidez onírica. Con esto no quiero decir que estuviéramos discapacitados en el plano de los sueños, sino, más bien, todo lo contrario. Los sueños eran tan numerosos, tan densos, tan extraordinarios, que degeneramos en paralíticos de los sueños. Lo nuestro fue un solo despeñarse, un año y cinco meses de rodar cuesta abajo por un tobogán de frustraciones compartidas, para aterrizar finalmente en un charco de mantequilla de maní y mermelada. Nuestras últimas palabras cayeron como migajas sobre la mesa de roble durante aquella mañana de julio. Yo había untado sus tostadas con los menjurjes que le fascinaban. Él comía mientras navegaba en su *timeline* de Facebook. Las noticias matutinas más vistosas: la huelga de un sindicato español de prostitutas de lujo, que consistía en negarse a tener sexo con banqueros en el marco de la crisis económica que asola la Comunidad Europea: distintas mafias del narcotráfico en México declaraban un cese al fuego temporal para honrar el paso del Papa Benedicto XVI por sus territorios. El gallo de los vecinos estaba en el apogeo de sus chillidos sabatinos. Mientras tomaba un vaso de jugo de naranja, pude contemplar cómo lo poco que quedaba de la cara de Boris se desvanecía. Primero, se fue borrando la punta de su nariz. Luego, de manera sincronizada, su ceja izquierda y la comisura derecha de sus labios. La taza de café de Boris permanecía moviéndose de un lado a otro en el aire. Me sentía como la protagonista de un programa del canal Infinito paranormal. Mi primer impulso fue disimular mi asombro –la tristeza me obligó a esconder la mirada en la pantallita en donde se desplegaba mi respectivo perfil de Facebook. Pero, pocos minutos después, me dejé arrastrar por un huracán de emociones. No sé por qué agarré el frasco de mermelada, ¿intuición?, ¿locura temporal? Cuando hundí la mano derecha en el frasco, un ligero escalofrío recorrió mi espina dorsal. Apenas había hundido la mano, pero me sentía sumergida de cuerpo entero en la textura pringosa de aquella sustancia. Saqué un puñado y lo unté con frugalidad en el espacio vacío donde anteriormente se había encontrado la cara de Boris. Los contornos empezaron a surgir de la nada, determinados por el tono purpúreo de las uvas. Su cara, aunque impalpable, podía fungir como soporte. Al cobrar consciencia de esta inesperada circunstancia, apliqué sucesivas capas con celeridad hasta que obtuve una máscara escurridiza y babosa. Al menos podía saber, por el grado de inclinación que presentara, hacia cuál dirección miraba. Resultó estremecedor descubrir, mientras le daba los últimos retoques, que todo ese tiempo había estado mirándome fijamente. Era la primera vez en meses. Sofocada, aturdida, apoyé mi espalda en el refrigerador. Le tomé una foto con el IPhone y la reenvié a mi correo. Conté hasta diez lentamente. Me quedé merodeando largo rato en el interior de las sílabas. Desconocía cuál sería el próximo paso de aquella danza con lobos, esas sombras grotescas que corrían, que se destrozaban las unas a las otras a dentelladas, en las estepas de mis pensamientos. Entonces hubo un cambio en el grado de inclinación de la máscara púrpura. Un presentimiento afilado como una daga de plata partió en dos mi corazón: habíamos llegado al llegadero. Besé la montaña de mermelada que flotaba a menos de un metro de mí. Me entregué a la corriente irracional de mis deseos. Le saqué la mermelada a lengüetazos. De un programa del canal Infinito pasamos a una escena de porno *vintage*. No pude evitar rememorar los capítulos de una serie porno setentera que pasaban por el cable a medianoche cuando era adolescente, esa que iba del tipo invisible que se tiraba a todas las mujeres que se cruzaban en su camino sin que ellas pudieran entender siquiera qué era lo que estaba pasando. Borraban el cuerpo del tipo a fuerza de efectos especiales. Los espectadores solo distinguíamos la base de un pene que se encontraba en plena faena, penetrando los dilatados agujeritos de las actrices que gritaban, se sacudían y se mordían la lengua como si les hubiese sobrevenido un ataque de epilepsia. Cuando concluimos, le dije que quería divorciarme. Las cosas se estaban poniendo demasiado raras, mucho más raras de lo que podía soportar. Esa misma tarde, Boris tomó las llaves de su carro y se fue. Se llevó una sola maleta y dijo que luego vendría a buscar lo demás.

Por favor, escríbeme apenas puedas.

Nos vidrio.

Somos una casa copada de huéspedes. Las camas no

alcanzan. El aire tampoco. Esta casa es como un hormiguero. Pero esta casa no alberga hormigas, sino imágenes. Las imágenes afloran a la superficie abigarradas, configurando un brazo negro y poderoso; esta ilusión óptica se proyecta sobre un fondo blanco y, de manera más o menos truculenta, el contingente de formas extraviadas alcanza a constituir una sola identidad. Hablamos de una coyuntura metafísica. No estamos sincronizados con las imágenes que nos habitan. Son millones. Las imágenes son en esencia lo mismo, pero la hermenéutica de la imagen es la que establece diferencias. Concesiones hechas al lenguaje para atrapar el sentido con una red transparente. Entrar en el sentido es entrar en la imagen. Las imágenes más insignificantes nos determinan porque el fondo blanco es un fondo sin fin. Las imágenes se amontonan sin orden ni concierto. Las que sobresalen modifican a su manera al resto. Esta operación es delicada y arroja resultados imprevisibles.

Mi padre creció viendo películas de vaqueros y dibujos animados de Walt Disney. Este año cumplió sesenta y, a pesar de todo, Clint Eastwood y el ratón Mickey continúan desplazándose risueños por los parajes devastados de su corazón. Brillan como balas plateadas surcando el desierto de las pantallas, las pantallas de esos televisores antediluvianos y monstruosos que salpicaron de arena y cactus la impecable sala de la abuela. Dos personajes definitivos: esta pareja cabalgó sobre la imaginación de buena parte de los hombres del planeta. Papá siempre deseó disparar y quebrar la pantalla. La tarde en que acumuló el suficiente valor para hacerlo, estuvo acariciando engranajes y transistores, intentando hablarle al oído. Fue cuando decidió iniciar una peregrinación a Orlando, o, mejor dicho, al parque Disney que tienen allí. Esto ocurrió hace diez años.

Fue la primera vez que visité este país. En ese momento, no tenía razones para sospechar que me enamoraría de Boris y que terminaría mudándome a este pueblo perdido, Lawrence (Kansas). Si quisiera conducir hasta Orlando me tomaría veintitrés horas. Nunca me he atrevido a hacerlo. En la carretera todo está destinado a un inmediato desgaste. La conjunción del silencio, la progresión del tiempo y la distancia lastiman el horizonte; tanta carretera golpeando los ojos enceguece. El verano pasado Boris y yo nos la pasamos discutiendo como locos. Discutimos tanto que un día decidí tomar el carro y largarme a New Orleans por algunos días. Conduje sin interrupciones durante cinco horas y los árboles se incrustaron como astillas en el parabrisas. Me entró una migraña tremenda y el miedo me impidió continuar. Estaba en algún punto intrascendente de Oklahoma. No podía ser de otra manera: el recorrido me había hecho presumir que quizás todo el estado de Oklahoma era intrascendente.

Me registré en un motel de carretera. Ordené la cena por teléfono porque me intimidaban las hordas de camioneros y motociclistas que pululaban por los pasillos. Mi destino final, New Orleans, se fue borrando tras las sucias persianas que disimulaban una ventana con vistas al estacionamiento. Me tomó dos días recobrar el valor para manejar de nuevo las cinco horas seguidas, esta vez de vuelta. La camarera del servicio a las habitaciones, una dominicana gruesa y charlatana, predicaba la palabra del Señor mientras colocaba platos grasientos en la mesa de fórmica dispuesta a un lado de la cama. Pensé que, sin duda, me confundía con una de las tantas putas que operaban en el lugar. Durante la última tarde que pasé en el motel, fui testigo de cómo la dominicana charlatana se transfiguraba en un personaje deformado por las sombras. Por casualidad la escuché sostener una conversación en clave a través de una radio de onda corta. No pude descifrar el mensaje y supuse que la gorda era un agente encubierto de la policía. Corrí a encerrarme en mi habitación antes de que notara mi presencia en el pasillo. Las paredes de los pasillos de esa pocilga estaban recubiertas de papel tapiz estampado con flores muertas. Flores arrugadas, cobrizas, dispuestas de manera irregular con trazos irregulares. De lejos parecían peras, millares de peras podridas que volaban en las paredes como una bandada de pájaros, millares de peras podridas que caían a ramalazos desde el extremo superior del papel tapiz. Cuando alcancé la cama, me costaba respirar. Las peras me golpeaban en la cabeza. Estaba lívida. No hay nada que me asuste más que descubrir que el mundo que concibo de una manera unidimensional pueda tener mecanismos de encaje alternos. Cuando sentí hambre me abstuve de pedir servicio a la habitación y bajé al restaurante. Tenía ambiente de *diner*, esos antros de comida rápida a la vieja usanza que abundan a lo largo y ancho de Estados Unidos. Ordené un té de camomila y una cesta de papas fritas. Estaba rodeada de motociclistas y putas. Un motociclista se acercó hasta mi mesa, tambaleándose de la borrachera. Me mostraba su lengua de manera obscena, una lengua rosa claro que parecía una lombriz arrastrándose en el aire. Rehusé mirarlo y escondí mis ojos en la cesta de las papas. La dominicana pasó por el rabillo de mis ojos como un pájaro de mal agüero. Surgió de lo oscuro y arrastró al tipo hacia un pasillo igual de oscuro.

Como libertad, la carretera es solo un instante. Lo demás es literatura. Nunca el lenguaje del cielo ha sido más inverosímil, un segundo eterno de nubes blancas que parecen copiar las formas de los vagones de los trenes antiguos. El aire nos arrastra en el mismo modo en que suele arrastrar los envoltorios de caramelos o los condones usados. El aire nos eleva y damos bandazos contra ese cielo de fotografía, contra esas nubes. Luego viene la caída libre.

Oklahoma no es un buen lugar para caer.

Kansas tampoco.

Regresé a Lawrence más o menos nerviosa, pero sin novedad. Después de que sacara de escena a rastras al motociclista borracho, no coincidí nuevamente con la dominicana. Ni aun cuando crucé los imbricados pasillos del motel para entregar la llave en la recepción. Boris actuó como si nunca se hubiera dado cuenta de que me había ido.

El día en que Boris se fue había alerta de tornado en Lawrence. La página web del City Hall decía que debía reunir una pila de artículos y esconderme en el sótano. Pronosticaban que sería el tornado más atroz de la década. No tenía sótano y recurrí a una maniobra desesperada, casi ridícula, pero que, sin embargo, logró hacerme sentir reconfortada. Distribuí pequeños kits de provisiones en cada una de las estancias de la casa. Dejé regados por el living decenas de blisters de Valium y antibióticos. Acumulé sobre mi mesa de noche productos que consideraba de primera necesidad, frascos de aceitunas, atún y caponata, botellas de jugo, barras de chocolate, analgésicos, cigarrillos, whisky, todo al alcance de mi mano. Si el tornado decidía visitarme, me encontraría de fiesta.

Desayuné en la cocina, el ombligo de esa caja de fósforos que llamaba casa. Apuré el té negro, rodeada de frágiles paredes de madera, unas paredes enclenques que no podían protegerme de nada. Ni siquiera del frío, siempre tenía la nariz congelada.

Paciencia hasta la impaciencia. Un movimiento flemático, desmañado, fuera del tiempo. Regresaba a Caracas como un paranoico a sus delirios. La montaña verde cruzada por el teleférico representa el prodigio del hombre que se balancea sobre la telaraña. Hace mucho tiempo, como este hombre creyó que resistía, fue a llamar a otro... y así hasta los diez millones. La telaraña no transigirá con restauraciones ni arreglos de ningún tipo, por el simple hecho de estar sujeta a un destino fantástico y estremecedor. Es un cuento de Edgar Allan Poe. La telaraña suspendida en la eternidad, siempre a punto de colapsar, pero, paradójicamente, siempre salvándose a último minuto. Una fuerza oscura la sustenta (una maldición o algo parecido). Muy pronto, los tentáculos de la tenebrosa telaraña logran ceñir de manera definitiva el cuello de la ciudad dormida. Diez millones de hombres permanecen flotando sobre la montaña como ahorcaditos de tinta. Y yo, yo intento en vano cambiar el curso de la historia, pero, de manera predecible, me aburro rápidamente de repetir los mismos gestos: meter guijarros en sus bocas, leerles mala poesía. Acepto el funesto desenlace, desisto de interpretar papeles heroicos. Entonces aquí es cuando, despechada, empiezo a dibujar aviones en el cielo.

Como es de esperar, en una historia tan oscura, los aviones, tarde o temprano, se materializan.

Esto no es mala leche: era la mejor manera de hacerle frente a esa ciudad que flotaba en mi memoria como una botella de náufrago, la única manera de evitar que esa botella de vidrio brillante se me saliera por la boca, corazón verde, bruñido como una esmeralda. Cuando esta nostalgia me invadía, intentaba recordar que estuve a punto de morir varias veces a los pies del glorioso Ávila. La más violenta y angustiante fantasía: por supuesto, está relacionada con botellas, una hilera infinita de botellas —fantasmáticas, reales— quebrándose sobre mi cuerpo, incrustándose en mi piel hasta dejarme sin una gota de sangre. Este delirio se inaugura con la botella de caña clara, concreta y tangible, que una desquiciada mujer intentó partirme en la cara porque no quise regalarle un cigarrillo. Fue por La Urbina. No puedo decir que corrí. Volé como Astroboy. Tenía las suelas de los zapatos encendidas en fuego. Era casi la medianoche. Luego de varias cuadras y algunos tirones de cabello, noté entre los apamates una caseta de vigilancia y enfilé hacia esa dirección. Distinguí una silueta en el interior. Abrí la puerta y me resguardé detrás de una pila de revistas de las que vienen encartadas en el periódico dominical. Le rogué al cuidador que llamara a la policía. El tipo me miró con expresión fastidiada y contestó de manera escueta: mire, señorita, no puede permanecer en el interior de la garita de seguridad. Entonces fue cuando la mujer alcanzó la puerta de la caseta gritando barbaridades, botella en mano. El cuidador empalideció. En ese instante, ese hombrecito maltrecho y arisco representaba la vida. Finalmente, su instinto de sobrevivencia se activó, empezó a gritar que había llamado a la policía —para ver si la loca se tragaba el cuento, la verdad era que no lo había hecho por bolsa. Yo me estaba resguardando detrás de su cuerpo y, de pronto, me puse paranoica pensando que aquel hombre debía tener los bolsillos forrados en *crack* porque recelaba más de la policía que de los matones.

Por fortuna, los hombres que acompañaban a la mujer lograron convencerla de que había llegado la hora de partir. Ellos seguramente también tenían los bolsillos forrados en *crack*. Y es que esta droga es el blasón de nuestra amada capital, su lenguaje heráldico. Yo tenía un amigo que jamás se quitaba una camiseta negra que mostraba impreso en el pecho, en tipografía blanca, la reiteración lúdica de nuestras sospechas: *Crackass*. Las asociaciones de la lengua algunas veces pueden resultar avasallantes.

La botella, como era de esperar, quedó incrustada en mi cabeza. Supongo que quedé como un muñequito vudú: la cabeza hecha algodón, la boca cosida con hilo de sutura. Y entonces, el día en que Boris se fue, el día de la alerta de tornado en Lawrence, sentí que mi método de fijarme a las imágenes, mientras permanecía sentada en la cocina, funcionaba y funcionaba porque la nostalgia de Caracas decrecía, la botella de náufrago era abatida por otra botella más real, más siniestra. Y entonces ya no había palabras porque esas imágenes funcionaban como una voracidad más allá de las palabras, situada en los extremos del pensamiento, probablemente, en un lugar cubierto de nieve, algo así como el polo norte del pensamiento. Y entonces era como estar catatónico o como estar de vacaciones en la Luna o en Alaska, que debe ser casi lo mismo. Todo lo que me rodeaba parecía cubierto por una fina película de tonos grises y blancos.

La primera vez que vine, conocimos a Mickey Mouse. Logramos sacarnos varias fotos con él. Era verano. Recuerdo que me tomó de sorpresa el hecho de que en algún punto del hemisferio norte pudiera hacer tanto calor. Papá cargaba una bolsa atiborrada de baterías y rollos fotográficos para todos lados. Habíamos logrado colarnos en la película del siglo XX, a último minuto, cuando el siglo ya se había evaporado. Éramos un trío de extrañas Eurídices rescatadas del mundo de los muertos que caminaban desorientadas, empegostadas de protector solar, intentando materializar la impostergable resolución de devorar todas las heladerías de la zona.

Mis atropelladas caminatas por Magic Kingdom se han redimensionado desde entonces, cada detalle trivial parece cargado de un sentido profundo. En esa ocasión vine con papá y la Titi, mi hermana. Su nombre real es Cristina, pero papá, desde que ella era una beba, la llamó Titina. Más adelante, yo también metí las manos en ese asunto. Una tarde regresé del prekinder de mal humor y me desquité arrancándole la «na» a su apodo. Toda la familia lo aprobó sonreída. La Titi es mi única hermana. Mientras los hermanos, por lo general, tienden a buscar afinidades, nosotras nos hemos esforzado en permanecer flotando como dos islas solitarias, vinculadas por una azarosa coincidencia, una cotidianidad inquebrantable y hostil. Juzgábamos cada uno de los movimientos de la otra sin piedad. La casa conformaba un tablero de juegos de estrategias. Cada miembro de la familia representaba una pieza. Papá y mamá se movían según nuestra voluntad. Durante nuestros primeros años de vida no peleamos cayéndonos a puñetazos, sino a mordiscos. Mamá limpiaba la sangre que quedaba impregnada en nuestros brazos con expresión atribulada. Nos comparaba con pirañas. Nos obligaba a combatir nuestros pensamientos negativos con pensamientos positivos en un número de cinco veces para evitar que una desgracia ocurriera en la familia. Debíamos hacerlo las tres al mismo tiempo, a la cuenta de cinco. La mamita vegetariana de las pequeñas pirañas tenía un corazón con el peso y la forma de una lechuga, liviano y voluble, que podía ser fácilmente arrastrado hasta por el aire que exhalaban nuestras bocas dentadas cuando suspiraban.

Mamá no quiso acompañarnos a Orlando. Nos lo explicó cuando estábamos sentadas en las mecedoras de la terraza de nuestra casa de Las Palmas. Recuerdo que tenía el cabello recogido con una cinta de seda verde, una cinta bellísima que habíamos ido a comprar al centro. Se quedaría en casa para escribir los malos pensamientos relacionados con nuestro viaje. Los pensamientos que la martirizaban de forma continua. Debía copiarlos cinco veces en su libreta Moleskine para evitar que se quedaran en el aire y tuvieran la oportunidad de ocasionar una terrible calamidad –la caída del avión o el desprendimiento de nuestros asientos en las montañas rusas de los parques temáticos.

Mamá se pasó la vida presagiando desventuras y catástrofes. Esta imaginación desbordada la heredé de ella. Recuerdo que cuando éramos pequeñas mamá nos enseñaba métodos mágicos. De esos métodos el que más me gustaba era el que consistía en dibujar mentalmente etiquetas naranjas sobre las cosas que nos asustaban. Las dibujaba principalmente sobre los pitufos. Esos monstricos liliputienses y azules. La leyenda urbana rezaba que, entrada la noche, los pitufos de plástico cobraban vida. Boté todos los que tenía cuando me enteré, pero siempre temí que resurgieran de las entrañas del basurero municipal y caminaran en comparsa hasta mi habitación para vengarse. Orlando no me pareció nada especial. Apenas una procesión interminable de suburbios.

Querida Yaya:
¿Por qué no me escribes?

:(

Cartulina *bond beige* con tipografía helvética en color azul marino. Panfleto. Doblado cuidadosamente por la mitad. Sin manchas o rasgaduras visibles. Escondido en el buzón, entre la factura de la electricidad y las revistas de arquitectura que se empeñaban en seguir llegando a pesar de mis reclamos formales. Sin sobre. Medidas aproximadas: 29 x 21 cm. El sello de Control Animal de Lawrence parecía impreso; no se trataba de un sello húmedo, por lo que no podía ser una comunicación oficial. Probablemente, había sido retirado de las oficinas de esa institución y depositado en mi buzón durante la madrugada por un vecino misterioso. Escrito en marcador azul punta gruesa, se podía leer en inglés: «RE: perro amarrado en el patio». Por supuesto, la intención central del texto contenido en ese panfleto era abogar en contra del maltrato de animales domésticos. Varias líneas de fuga se desprendían de la idea principal:

a) Mantener amarrado a un perro es considerado una tortura por la legislación vigente.

b) Torturar a un animal doméstico es ilegal y Control Animal de Lawrence puede quitarte la custodia de tu mascota si incurres en esta fechoría.

c) Torturar a un animal doméstico significa ocasionarle al susodicho animal un daño psicológico irreversible. Escondí el panfleto en mi bolso. Lo consideraba una evidencia, no sabía muy bien de qué, pero no podía significar otra cosa. Llamaría de nuevo al casero y le diría que los vecinos me hostigaban por culpa de las irregularidades que cometían los mexicanos con el chihuahua perturbado. No sabía si alegrarme o preocuparme. No me gustaba la idea de quedar rayada con el resto del vecindario, aunque no puedo negar que me emocionaba la posibilidad de que les decomisaran el perro. Quizás tenía suerte y les quitaban la custodia del gallo también. Sonreí, aunque no me sentía con fuerzas ni para eso.

Esa mañana del anónimo misterioso, Jodie Su y yo atropellamos a un venado. Desde esa mañana, la silueta de esa criatura y su temperamento particular se quedaron pegados a mi vida como calcomanías. Su figura agonizante se fue clavando en mi cuerpo como un tótem. Es un árbol echando raíces. Cabezas de venado talladas con navajas brotan de mi boca y mis oídos. Yo censuraba a Boris por asesino de ardillas y terminé convirtiéndome en cómplice de la ejecución de la mamá de Bambi. Ni en las peores pesadillas de mi infancia llegué a prefigurar esta posibilidad. Para variar, me sentí como basura no reciclable.

Cuando empecé a atar cabos, me pregunté cómo era que tantos animales se habían arremolinado alrededor de mi celda en el zoológico. Caminaba fuera de esa celda y, al mismo tiempo, estaba cercada por el revés de los barrotes. Perros, ardillas, gallos, cucarachas, cobayas, venados. Tantos animales corriendo en el parque de mi imaginación, caminando en mis sueños, haciendo ruido a mi alrededor, debían tener algún significado que escapaba a mis interpretaciones.

Jodie Su me recogió a las siete y media. Me había pasado toda la noche en un cuadrilátero de lucha libre con un ensayo sobre el Inca Garcilaso de la Vega y la tecnología de la escritura literaria en el Nuevo Mundo. Una obviedad del tamaño de Brasil y, no obstante, mi única esperanza para salvar el pellejo.

Jodie Su se estacionó y me hizo señas desde el interior de esa camioneta gigante que recién se había comprado. No me di cuenta por andar pensando casi obsesivamente en el Inca Garcilaso caminando frente al templo del Sol de Cuzco en 1560, rodeado de nobles orejones portando aretes de hueso: túneles en la carne, como los que se pueden obtener en las tiendas de tatuajes de hoy. Pensaba en que el Inca Garcilaso estuvo al borde de la muerte varias veces durante su periplo a Portugal. Imaginaba el barco en el que viajaba, una caja de fósforos desintegrándose en el Atlántico. El Inca Garcilaso con algas en la boca, respirando arena pedregosa a las orillas del viejo continente. Jodie Su decidió despertar a toda la cuadra con su corneta. En ese momento debí recapacitar y volver a la cama, alejarme de esa mujer loca vestida con cuero de imitación. Pero a mi carro se le había fundido el motor y eso significaba lo mismo que no existir en Kansas.

Jodie Su no me pasaba a buscar como una muestra espontánea de su bondad. El asunto era que me había visto obligada a transar con ella: lecciones de español a cambio de la cola. Ella formaba parte de la nómina del departamento de literatura latinoamericana. Era la asistente administrativa. La verdad era que no necesitaba hablar español para usar la calculadora y cuadrar el presupuesto. Sus conocimientos del inglés alcanzaban y sobraban. Supe que me proponía aquel trato porque era una manera de reventarse el alma haciendo horas extras de gratis para la universidad. Jodie Su era taiwanesa y medio *workaholic*. Se justificaba siempre diciendo que en su país la cultura del trabajo era muy intensa. Lo cierto era que ella no era nieta de esclavos como yo y se podía dar el lujo de mirar con cierto desprecio las normas jurídicas que rigen el trabajo productivo libre.

Tuvo que ofrecerme una mano para ayudarme a trepar porque esa maldita camioneta era alta como los Alpes suizos. Supervisó mis maniobras con el cinturón de seguridad y me preguntó cómo estaba, recurriendo a su arsenal de imitaciones terriblemente cómicas de las expresiones emocionales de los estadounidenses: el clásico resultado de múltiples cursos intensivos de inglés como segunda lengua. Le contesté con frialdad para contrarrestar los recuerdos de cuando tomé esas clases en Filadelfia. Pero no pude mantener alejados esos recuerdos de mí, me bailaron en la cabeza esas psicóticas prácticas grupales que las profesoras justificaban con la existencia de una pretendida efusividad estadounidense. Parecía que nos entrenaban para trabajar en un Kentucky Fried Chicken. Nos sugerían que complementáramos nuestras palabras con expresiones faciales y siempre me sentía un poco estúpida poniendo esas caras de *Teletubbie* que intentaban enseñarme. La cultura original de Jodie Su se caracteriza por ser reservada en expresiones. Por eso era por lo que terminaba exagerando la nota. No obstante, su cuerpo cuestionaba cada uno de los matices que intentaba reproducir con tanto afán, y terminaba recordando a una actriz irónica. Nunca se lo dije.

No era mi plan que me dejara tirada por aquellos matorrales.

Los padres de Jodie Su le pusieron ese nombre por Jodie Foster. Yo no hubiera perdonado nunca a mi viejo si me ponía el nombre de la Jodie Foster. Jodie Foster ni siquiera se llama Jodie Foster, su verdadero nombre es Alicia. Sin embargo, a Jodie Su no le importa tener el nombre de la Jodie Foster. Creo que hasta le gusta. Dice que llamarse Jodie es *very nice* para vivir en Estados Unidos y piensa que, si tuviera un nombre chino, ya hubiera quedado totalmente lisiado, irreconocible, en la boca de los angloparlantes.

Cuando nos pusimos en marcha, empezó a sonar el disco con los cantos de las ballenas y yo me cubrí los oídos con las manos e hice lo posible por parecer desesperada, como si las ballenas me hubiesen tragado. El Inca Garcilaso pasó a mi lado, arrastrado por la marea. Dije que era la reencarnación del profeta bíblico Jonás, estaba sentada en el interior de la ballena y surcaba los distritos más bucólicos de Lawrence. El plancton se acumulaba en el tablero del volante. Ella no entendió el chiste porque es budista, pero de todas formas sacó el disco. Recordé que las representaciones de Buda tenían túneles en las orejas como los incas y que los habitantes originarios de América vinieron de Asia. El Inca Garcilaso me miró con cara de japonés, mientras tragaba algas con arroz y leía a Dante en italiano.

La camioneta rugía como un tractor. Yo pronunciaba una palabra en español y ella la repetía. Los tejados de las casas pasaban volando a la deriva. Jodie Su se quedó estancada en la palabra «tráfico», no podía replicarla, un turbio temporal en su boca refrenaba la conjunción de la t y la r. Entonces se escuchó un estruendo, nuevamente la t y la r, el golpe de un cometa descarriado. Sentí que una mano gigantesca pugnaba por arrancarme la cabeza. La cabeza se me llenaba de arbustos, semáforos y nubes. Habíamos quedado atravesadas en medio de la vía. Los ojos de Jodie Su se clavaron como cuchillos en los míos. Estábamos vivas o, al menos, eso creíamos. Era un manifiesto lo que brotaba de nuestra mirada, abollada por la cercanía del desastre. Nos bajamos para contemplar la escena del crimen y continué temblando como una aguamala. Jodie Su se mesaba los cabellos como en las tragedias griegas. La abracé e intenté darle la vuelta lentamente para que no pudiera continuar viendo aquel reguero de carne y sangre. Era asqueroso. La convencí de meternos en la camioneta y activar el seguro de las puertas. El venado con el cuello torcido como un espárrago se desangraba encajado en el parachoques. No podíamos continuar, Jodie Su marcó el número de su esposo y conferenció en mandarín. Los pinos comenzaron a crecer alrededor de los asientos, la sangre se filtraba por los resquicios de las puertas. Su sabor cálido inundaba mi boca —quizás me mordí la lengua cuando la camioneta patinó. No distinguía ardillas mutiladas en el pavimento, aunque a nuestra izquierda resaltaba el tronco desmembrado de un animal mediano. Por el color, supe que se trataba de un mapache. Las calles más verdes de Lawrence son cementerios. Un presentimiento oscuro me obligó a abrocharme el cinturón de seguridad, me masajeaba la frente con los dedos y en todos los pliegues de la carne sentía el cansancio del verano; en el asfalto caliente visualizaba el maldito agujero de la dona por el que me resbalaba, tobogán de sangre con opción a comodín de partes reales de animales muertos. Lo acepté. Mi gran error fue pedirle a Boris que nos mudáramos a Kansas. Sobre un fondo de ideogramas mandarines, estas revelaciones protestaron desde un recodo de la corriente con los brazos entumecidos y las narices congeladas. ¿Qué otra cosa podíamos hacer en este lugar que no fuese hundirnos en el follaje?

Y Filadelfia, que recordaba a Caracas con las calles sucias y rotas como unos jeans prelavados, quemados con sustancias altamente contaminantes, desgastados a conciencia. Dos ciudades que esconden un Pac Man, una bola de luz amarilla que avanza por las calles tragándose lo que encuentra. Un Pac Man rumiante como el venado del cuello torcido, como yo con estos cuatro estómagos por donde Boris circula troceado en juliana, por donde Boris circula sin brazos y sin piernas hasta que le llega el momento de desgastarse y quedarse en la pura imagen, hasta que puedo digerirlo bien, sin que me duela, hasta que el recuerdo deja de correr perdido alrededor de esta camioneta, ajeno a mi voluntad, esfumándose como costras de cielo en el horizonte y resurgiendo a los pocos segundos colgado de los árboles como un Tarzán transparente.

Recordé el ático que alquilaba en Filadelfia, mis manos hundidas en la tierra de las macetas de la ventana, arrastrándose como gusanos pegajosos. Recordé la espalda de Boris.

Caminábamos por un centro comercial coreano y nos detuvimos ante la entrada de los baños, identificados con una tipografía indescifrable. Minutos antes habíamos ordenado croissants, rodeados de fotos de la torre Eiffel. Luego, su espalda, abriéndose paso entre las palmeras de metal sembradas en las esquinas del barrio puertorriqueño. Su espalda como una aguja delgada ensartando las cuadras del barrio universitario, las paredes musgosas, esa arquitectura de casas de muñecas, los cafés de bebidas orgánicas y naturistas, las pizzerías jamaiquinas, la piel tatuada de los vecinos, los bancos del parque.

Tardamos un mes en conocernos, un mes tropezando en la pizzería jamaiquina. Iba casi todas las noches, deseando secretamente encontrarlo. Me sentaba a esperarlo mientras masticaba con cierta desconfianza las innovaciones culinarias del menú: pizza thai o burritos griegos. Hacía apenas unos meses que me había bajado del avión y aún me sentía hastiada de Caracas. Después la extrañaría, el paso del tiempo la iría lavando y me la entregaría purificada. Me había ido a Filadelfia con la vaga intención de estudiar inglés y me encontraba en el mero centro de la acción de los flujos migratorios del país del crisol de razas: las clases de inglés como segunda lengua.

Como en un comercial de Benetton, tomados de las manos, nos esforzábamos por asimilarnos a nuestro nuevo entorno, no importaba lo estúpidos que pudiéramos llegar a sentirnos. Supongo que no miento si digo que fue una experiencia enriquecedora. Conocí gente bastante rara. Compartí aulas con una chica de Corea del Sur que parecía profundamente contrariada ante cualquier intento de contacto corporal y que se había pasado cinco años tomando clases de inglés por teléfono; con una chilena que afirmaba, por alguna razón que preferí no desentrañar, que ella era mucho menos latinoamericana que yo; con un tipo de Nepal que presumía de la ausencia absoluta de madres solteras en su país; con un dominicano insoportable que, como una de las voces de *La tierra baldía*, me reprochaba: «what you get married for if you don't want children», el mismo que acostumbraba rememorar en voz alta las rumbas en los autolavados de su isla (según sus descripciones, verdaderas discotecas al aire libre y que me movía a preguntarme… ¿qué clase de persona rumbea en un autolavado?); con un ingeniero brasilero que intentó lincharme cuando comenté que la religión católica era profundamente machista y que la mejor muestra de ello había sido la Inquisición; y hasta con profesoras que repartían material de lectura anterior a la Guerra Fría. Recuerdo particularmente la foto de una niña asiática sentada en una sala amoblada con un televisor y una mesa baja, de las que mantienen la comida apenas a unos pocos centímetros del suelo; el título *Conviviendo entre Oriente y Occidente* resaltaba al fondo y en el extremo inferior de la hoja encontrabas una insensata explicación que atribuía la presencia del televisor a la influencia de Occidente, y la presencia de la mesa baja a la influencia de Oriente: como si los países asiáticos no se hubiesen convertido ya en los mayores productores de televisores del planeta.

Boris me preguntó una noche si había probado una cerveza de invierno que estaba en oferta. Estábamos a medio refrigerador de distancia. Nuestro reflejo temblaba en el cristal. Pensé en una palabra que acababa de aprender, *shivering*. Esta palabra significa temblar por el frío o vibrar doblegado por el viento, pero también significa reventar repentinamente en fragmentos o astillas. Y yo creía que se trataba de eso. Nuestro reflejo temblaba, vibrando en el interior de esa palabra. Estallamos en el cristal poblado de botellas. Nos transfiguramos en astillas y nos recompusimos sobre ese mismo cristal. Yo le contesté que no había probado la cerveza, pero que me interesaba probarla. Él sacó dos botellas.

Meses más tarde me enteré de la existencia de otra palabra, *shimmering*. Significa titilar de una luz trémula y, también, imagen parpadeante, imprecisa, como un reflejo en el agua o un espejismo en las olas de calor del aire. Nuestros cuerpos tiemblan bajo la piel de la primera palabra. Nuestra imagen tiembla contenida en la segunda. *Shivering-shimmering*: se escriben casi igual. La diferencia son dos letras, que son una misma letra. La lengua inglesa me permitió notar que un cuerpo que tiembla es equivalente a una luz o una imagen que titila. Ahora veo. Es el mismo amago consumado en materias diferentes. Nunca se me hubiera ocurrido.

Cuando escucho alguna de esas dos palabras, *shivering-shimmering*, Boris aparece dibujando planos en servilletas, azorado entre la arquitectura neoclásica ecuatoriana y la barroca ucraniana. Líneas rectas y cúpulas doradas meciéndose en sus manos, cebollas de metal golpeando los tonos grises de las nubes. Boris comiendo perros calientes con mostaza y repollo agrio. Boris sorbiendo el *borsch* de su padre. Boris con nombre ruso y padre ucraniano.

Ahora que estamos separados, me gustaría justificarme contando que me casé porque quedé embarazada. Pero es un poco tonto, porque ahora ni las mujeres embarazadas se casan. Me casé porque el matrimonio estaba vaciado de sentido. Los anillos me enfermaban, me recordaban los grilletes de los esclavos. No bosquejamos espacios para la cursilería. No heredé fotos lindas para reventarme los ojos mirándolas. Aunque Phil insistió en llevar su cámara, esta acción no comportó una turbación de mi paz futura: un elevado porcentaje de las fotos salieron corridas y, en el resto, todos los fotografiados salimos descuartizados, irreconocibles, emergiendo sobre los muñones de nuestras piernas ausentes, sonriendo al pajarito, bizcos, privados de una oreja o de un brazo.

Cuando las cosas empezaron a ir mal, me resguardé tras las supersticiones y culpé al matrimonio. Siempre había desconfiado de los rituales reproducidos de generación en generación, por eso de estar estos cargados de la energía de miles de millones de cadáveres. El peso de la humanidad sobre tus hombros: tus hombros como telas plásticas donde rebotan las voces de los muertos: tus hombros como un parque de diversiones para los muertos. Luego, culpé a Boris. Sin embargo, la mañana en que atropellamos al venado me sentí como la única culpable. Yo había arrastrado a Boris hasta aquella tierra baldía. Yo había diseñado aquel juego. Él se perdió entre los sembradíos de girasoles y los rebaños de vacas de los vecinos. Las vacas mascaban el forraje y no sabían de arquitectura. Llevábamos media hora atravesadas en la vía. El tráfico no había colapsado porque los otros conductores nos bordeaban con precisión matemática hasta que quedábamos atrás. Manchas viscosas en el retrovisor. Jodie Su se negaba a llamar a la policía o a los bomberos, hacía unos meses la habían multado por correr demasiado y, enredada en los trámites burocráticos, había tenido que contratar a un abogado que intentó sacarle un ojo de la cara. No invitar a ningún uniformado a nuestra fiesta no me impacientaba, calculé que de todas formas se presentarían. Pero ninguno asomó sus narices.

Una *pick up* se orilló a un lado de nosotras. Un hombre de aproximadamente treinta años iba al volante, estaba solo y cuando se bajó comenzó a estirarse como un atleta olímpico. Caminó en dirección a nosotras y esa aura momentánea se apagó, estaba flaco, demacrado. Llevaba, mal abotonada, una camisa de leñador, y una gorra con el logo del equipo de béisbol local. Tocó con los nudillos la ventana de Jodie Su y preguntó si estábamos bien. Nos bajamos de la camioneta para intentar explicarle lo que había pasado. Él señaló al venado y dijo que aún estaba vivo. Encajado en el parachoques, contemplamos al animal, sacudido por espasmos casi eléctricos. Nos sentimos totalmente desconcertadas.

El tipo caminó hasta su camioneta y buscó un rifle. Me asusté más que un latinoamericano perdido en Arizona. Fui víctima de un ataque de risa incontrolable y Jodie Su me torció los ojos exigiendo discreción. El flaco prendió un cigarro y miró en todas las direcciones, como buscando una señal. Estos malditos siempre están lanzándose contra los carros, se justificó. Se sacó la gorra y se sacudió el cabello rojizo, reconocí ese gesto como un tic nervioso, quise reconfortarme pensando que no era la única al borde de un ataque de nervios. Se posicionó frente al venado a través de un salto que sentí un poco fuera de contexto. Parecía un payaso de pesadillas. Apuntó a la cabeza y disparó. Primero un sonido seco, poderoso. Nos hundimos en un silencio sin texturas y escuché el ruido que producía la tierra al girar, el ruido sordo de millones de miles de años de la cadena reproductiva girando sobre sus propios talones. Escuché todas las balas que habían sido disparadas contra todos los venados de la historia. Un crujido, persistente como un canto de chicharras, se instaló a mi alrededor. El recuerdo del primer venado que asesinas es una cosa única. Con el paso de los meses se borran sus puntos de sostén, el andamio se desploma y sus articulaciones se oxidan. Lo significativo se conforma en la lejanía insinuada de la imagen. La cabeza del animal queda por el resto de la eternidad desparramada por el suelo como puré. El hombre congelado para siempre, sonriendo. El aire no se mueve. El cuello fibroso del animal rebujado en venas, tendones, coágulos oscuros; derritiéndose en la calzada, adhiriéndose a mis zapatos. Esa sensación pastosa en la punta de los dedos.

El Toyota del esposo de Jodie Su, rodeado de una nube de polvo, se estacionó a pocos metros de distancia. Supongo que yo hubiera reaccionado de la misma manera si pillara a un flaco demacrado con camisa de leñador y una escopeta en la mano, en posición de estar acechando a mi esposa. Fue automático. Lin arrancó en retroceso, dio una peligrosa vuelta en u y se estrelló contra un Honda gris. Jodie Su corrió hacia el Toyota y el Honda fundidos por el polvo y el coñazo. Estaban unidos como si la chatarra pudiera morderse los labios. Una señora morena de formas redondas, doble papada y sombrero extravagante, se bajó del Honda hecha una fiera. Le calculé unos sesenta años. Hablaba con un acento muy sureño y era muy difícil entender lo que decía, aunque estaba gritando. Lin llevaba puesta la bata que usaba en el laboratorio donde trabajaba, y la señora lo tironeaba de las solapas de aquella bata inmaculada y le preguntaba: *What's wrong with you son? What's wrong with you?*

Nuestro salvador miró apático hacia el choque, caminó hasta su *pick up* para guardar la escopeta y reapareció con una pala. Comenzó a remolcar el venado propinándole diestros empujoncitos. Lo hacía parecer un arte. Era una postal grotesca, que truncaba, amputaba la reyerta de Lin, la señora gorda y Jodie Su. Una constelación de tejidos gelatinosos se desplegó en el asfalto. El cuello doblado como un espárrago convertido en cebolla. Nuevamente, me fijaba solo en las capas de carne rebujadas en venas, tendones, coágulos oscuros. El pelaje era moteado en los cuartos traseros. Por primera vez pensé que había sido un animal hermoso. El hombre, congelado para siempre, sonriendo. Dejó los despojos del venado arrumbados en la cuneta, guardó la pala manchada de sangre en la *pick up* y me estrechó la mano para despedirse. Se montó en su camioneta y arrancó. Lin y Jodie Su continuaban discutiendo con la señora gorda. Entonces me metí en la camioneta y encendí la radio. Recordé un verso de Gregory Corso: era un desastre ser un venado herido.

ÍNDICE

SOBRE LA AUTORA

 María Dayana Fraile (Puerto La Cruz, Venezuela - 1985). Licenciada en Letras por la Universidad Central de Venezuela. Obtuvo una maestría en Hispanic Languages and Literatures, en la Universidad de Pittsburgh. Su primer libro de cuentos, *Granizo* (2011) recibió el Primer Premio de la I Bienal de Literatura Julián Padrón. Su cuento Evocación y elogio de Federico Alvarado Muñoz a tres años de su muerte (2012) recibió el Primer Premio del concurso Policlínica Metropolitana para Jóvenes Autores. Escritos de su autoría han sido incluidos en distintas muestras de narrativa venezolana como, por ejemplo, en la Antología del cuento venezolano de la primera década del siglo XXI, editado por Alfaguara, y el dossier de narradores venezolanos del siglo XXI, editado por Miguel Gomes y Julio Ortega, publicado en INTI (Revista de literatura hispánica). Entre sus libros publicados se encuentra Ahorcados de tinta (CAAW Ediciones, 2019). Actualmente reside en los Estados Unidos.

2020
caawincmiami@gmail.com

www.ingramcontent.com/pod-product-compliance
Lightning Source LLC
Chambersburg PA
CBHW021959190626
46808CB00017B/2879